LA PARTIE DE CARTES

ADOLF Schröder
LA PARTIE DE CARTES

ROMAN

Traduit de l'allemand par
Philippe Giraudon

Par ailleurs

Adolf Schröder est né à Brême en 1938. Après son baccalauréat, il s'est lancé dans des études de germanistique et d'histoire à Hambourg. Dès 1961, il a produit sa première pièce radiophonique. Il s'est fait un nom en tant qu'auteur de pièces radiophoniques et de scénarios, notamment avec les séries télévisées « Le Renard » (*Der Alte*) et « Inspecteur Derrick ».

Adolf Schröder vit aujourd'hui à Hambourg où il exerce les activités d'écrivain et de chauffeur de taxi.

Il a remporté en 1963 le Kurt-Magnus-Preis et en 1990 le Förderpreis für Literatur der Freien und Hansestadt Hamburg.

Adolf Schröder est un écrivain très discret qui ne donne pas d'interview.

Titre original :
Das Kartenspiel
Éditeur original : Schöffling & Co.

© Schöffling & Co., Verlagbuchhandlung GmbH,
Frankfurt am Main, 2001

Pour la traduction française :
© Flammarion, 2003

Le premier jour

La puanteur était comme un mur contre lequel Markus avait l'impression de rebondir. Il entendit les bêtes avant de les voir. Un escalier tortueux menait à l'étage supérieur d'où s'élevait la rumeur des animaux en train de griffer, de souffler, de crier.

« Vous êtes monsieur Hauser ? »

Markus avait garé sa voiture à l'ombre des châtaigniers. La villa se trouvait tout au fond du jardin. La grille tenait à peine dans ses gonds, elle n'était pas fermée à clef. Il avait traversé le jardin en marchant sur des dalles à moitié enfoncées dans la terre.

« Oui », dit Markus.

En s'approchant, il avait vu que toutes les fenêtres de la villa étaient condamnées. Elle ouvrit la porte avant qu'il ait eu le temps de sonner.

« Entrez. »

Elle s'effaça devant lui et Markus s'avança dans le vestibule. La porte ouverte laissa pénétrer un peu de lumière, qui éclaira un tableau accroché au fond de la pièce. Les couleurs à l'huile brillèrent, brun foncé, noir, sillonnées de fendillements presque invisibles.

Elle ferma la porte. Quand Markus se retourna, il n'y avait personne à l'endroit où elle s'était tenue. Elle l'avait laissé seul. Il n'osa pas bouger. Lorsque ses yeux se furent accoutumés à l'obscurité, il aperçut un chat étendu sur la dernière marche de l'escalier. Les yeux vitreux, les pattes figées. Près d'une vitrine dont le verre était fêlé, comme si quelqu'un y avait jeté des cailloux, un autre chat était assis. Noir, avec une tache blanche sur la poitrine, il léchait sa fourrure.

Quand Markus entendit un bruit derrière lui et se retourna, il la vit revenir. Elle referma une porte derrière laquelle il supposa que devait se trouver l'escalier de la cave, et elle s'avança dans le vestibule. Dans une main elle tenait une bêche, dans l'autre un seau en plastique.

« Aidez-moi », dit Selma Bruhns.

Elle s'approcha de l'escalier, posa le seau par terre et souleva le cadavre du chat avec la bêche. Elle le laissa tomber dans le seau, avec un bruit sourd qui fit sursauter Markus.

« Prenez le seau.

— Cette bête est en train de se décomposer.

— Les chats sont mortels », répliqua-t-elle en se dirigeant vers la porte.

Markus ne bougea pas, il ne parvenait pas à trouver la force de saisir l'anse du seau.

« Suivez-moi », dit-elle.

Elle ouvrit la porte et descendit les marches qui menaient au jardin. Markus n'avait pas imaginé que le seau serait si léger. Selma Bruhns s'arrêta près de l'escalier et attendit qu'il fût sorti. Elle s'engagea sur un chemin de terre battue conduisant à l'arrière du jardin. Arrivée à une haie de hêtres dont les branches les plus basses ne portaient pas une feuille, elle s'immobilisa. Avec une force dont Markus ne l'aurait pas crue capable, elle creusa la terre jusqu'à ce que le trou soit assez profond. Puis elle lâcha la bêche et s'avança vers lui. Il ne put s'empêcher de reculer d'un pas. Elle s'empara du seau, se dirigea vers la fosse et y laissa tomber le chat mort.

« Comblez-moi ce trou et revenez dans la maison quand vous aurez fini », dit Selma Bruhns.

Sans attendre sa réponse, elle se détourna et repartit par le chemin de terre battue.

Dans le bureau de placement pour étudiants, tout avait été comme à l'ordinaire. La salle où ils attendaient était comble, chaises et bancs occupés jusqu'au dernier. Markus dut rester debout et s'adossa au mur, à côté de la porte devant laquelle se trouvait la table portant une boîte où chacun puisait un numéro en entrant. Jour après jour, ce jeu de hasard se répétait. Markus avait retiré le numéro six : il avait une chance. Tous parlaient, riaient, fumaient. Des visages connus, mais il n'avait aucune envie de se lancer dans la ronde des questions et des réponses qui ne changeaient jamais. Il était heureux de sentir le mur dans son dos.

« Tu as eu de la veine, Markus ? »

Il lui montra le bout de papier portant le numéro six.

« Je fiche le camp, dit Rufus. Quarante-cinq, ce n'est pas mon jour. »

Ils avaient annoncé le premier job. On cherchait un chauffeur pour deux jours, une bonne connaissance de la ville était souhaitée. Le travail échut à un étudiant qui exhiba le numéro deux. La deuxième occasion – un travail de magasinier, avec un salaire de quinze marks de l'heure – échappa également à Markus.

« Travail de bureau facile pour plusieurs jours, tarif fixé à dix marks de l'heure. »

L'offre était sans intérêt, personne ne se présenta. Il brandit son numéro.

« Venez ici. »

Markus s'était frayé un chemin dans la foule des étudiants et était entré dans la pièce où les deux employés du bureau de placement s'étaient provisoirement installés.

« Votre nom ?
— Markus Hauser. »

Markus avait reçu un formulaire. La rubrique *employeur* indiquait : Selma Bruhns, Kurfürstenallee 11.

« Mme Bruhns nous rappellera sous peu, nous vous avertirons. »

Un job minable.

Markus doit attendre dans l'antichambre.

« Asseyez-vous. Le commissaire arrive tout de suite. »

Les deux agents ont fait un signe de tête à la secrétaire avant de quitter la pièce. Markus s'assied sur une chaise, à côté d'un cartonnier. Leurs yeux se croisent de temps en temps, quand la femme jette un coup d'œil dans sa direction et que Markus, sentant son regard, lève la tête. Ils n'échangent pas un mot. La femme ajuste sur sa tête un casque muni d'écouteurs minuscules et se met à taper sur le clavier de son ordinateur.

Markus écoute le crépitement des touches. Il se dit qu'elle écrit peut-être un rapport sur lui. Âge vingt-deux ans, taille un mètre quatre-vingt-trois, couleur des cheveux blond roux, couleur des yeux gris, quotient intellectuel non vérifié, prétend étudier, vit de petits boulots, célibataire, orientations sexuelles probablement normales.

La femme arrête de taper et enlève son casque.

« Il n'y en a plus pour très longtemps », dit-elle.

Elle imprime ce qu'elle a écrit et le relit pour voir s'il y a des fautes.

En quittant pour ne plus y revenir la villa de Selma Bruhns, il croyait avoir réussi. Une nouvelle fois, il pensait s'en être tiré.

« Savez-vous pourquoi le commissaire veut me voir ? » demande Markus.

Il n'attend pas de réponse, il veut simplement poser une question.

« Il n'y en a plus pour très longtemps », répète la secrétaire.

Markus se lève. Il ne supporte plus de rester assis sur sa chaise sans bouger. La pièce est trop petite pour faire les cent pas et Markus, debout près de sa chaise, reste indécis. La secrétaire le regarde avec intérêt, comme si elle se demandait ce qu'il allait faire maintenant. Son visage est impassible, elle ne fronce pas les sourcils, ne sourit pas.

« Où sont les toilettes ? demande Markus.

— Dans le couloir, deuxième porte à droite. »

Markus est sur la défensive, il a l'impression que son ton est dubitatif, qu'elle ne croit pas en son besoin de se rendre aux toilettes.

« Je reviens tout de suite », dit-il.

Il fait plus frais, dans le couloir qu'éclairent des néons placés au plafond à intervalles réguliers. À droite et à gauche, des portes munies d'écriteaux rectangulaires indiquant la fonction des pièces. *Service IV Berger.* Les yeux de Markus tombent sur une affiche accrochée au mur derrière une plaque de verre. Un jeune homme en uniforme de policier sourit à celui qui le regarde. Il tend la main d'un air engageant, l'arme attachée à son ceinturon paraît inoffensive. Markus s'avance à pas lents dans le couloir, jusqu'à la porte où figure un personnage masculin stylisé. Avant de l'ouvrir, il jette un regard à la ronde. Depuis qu'il a pénétré dans ce bâtiment, il a constamment l'impression d'être observé.

Près du lavabo se tient un petit homme, presque un nain, doté d'un corps vigoureux qui rend encore plus sensible sa taille minuscule. Markus ne peut pas voir son visage, car l'homme est penché sur la cuvette. Quand il se redresse, leurs regards se croisent dans le miroir.

« M. Hauser, je suppose », dit l'homme.

Il avait comblé le trou et nettoyé la bêche avec une touffe d'herbe. La glaise collée à ses semelles alourdit sa démarche quand il se dirigea vers la maison. Même sur la façade, toutes les fenêtres étaient condamnées. Les glycines qui montaient à l'assaut du mur, près de l'escalier menant à la terrasse, étaient fanées. Markus sentit l'odeur douceâtre des grappes de fleurs flétries.

Alors qu'il s'avançait dans la cour jouxtant l'escalier, à la recherche d'un endroit où déposer la bêche, il entendit sa voix qui l'appelait.

« Monsieur Hauser. »

Comme si cette voix étrangère prononçant son nom l'avait effrayé, il serra plus fort le manche de la bêche. Il retourna dans le jardin où il l'entendit de nouveau appeler. Levant les yeux, il aperçut Selma Bruhns sur la terrasse.

« Posez la bêche contre le mur et montez ici », dit-elle d'une voix soudain si basse que Markus eut du mal à la comprendre.

Au pied de l'escalier se trouvait un paillasson en fer sur lequel Markus essuya ses chaussures avant de gravir les marches. Arrivé devant elle, il sentit qu'il redoutait de la regarder, sans bien savoir si c'était par antipathie ou par crainte de rencontrer ses yeux. Pour la première fois, il désira revenir en arrière, abolir le tirage au sort dans le bureau de placement, le mouvement de sa main tirant de la boîte le numéro six, sa candidature spontanée au moment où l'on avait annoncé : travail de bureau facile pour plusieurs jours, tarif fixé à dix marks de l'heure.

« Vous pouvez vous laver les mains », dit Selma Bruhns.

Sa voix était tranquille, monocorde. Elle accentuait à peine les mots, qui se succédaient à une cadence toujours égale, sur un ton dénué aussi bien de bienveillance que d'hostilité. L'espace d'un instant, Markus eut l'impression d'être absent, de ne pas se trouver sur cette terrasse. Comme s'il n'avait jamais rempli de terre la tombe d'un chat. Comme s'il ne s'était pas avancé vers la maison de cette femme, en marchant sur des dalles à moitié enfouies.

Elle se dirigea vers la porte et Markus la suivit sans avoir rien répondu. Ils entrèrent dans une pièce plongée dans la pénombre. Le parquet luisait faiblement, un piano et son tabouret faisaient face aux fenêtres du mur s'arrondissant vers l'extérieur. Pour le reste, la pièce était vide. Sur la tenture, cependant, des rectangles clairs révélaient que des tableaux avaient jadis orné ces lieux.

Markus resta immobile près de la porte tandis que Selma Bruhns s'asseyait sur le tabouret du piano et posait ses mains sur ses genoux.

« Vous devez mettre mes papiers en ordre. On vous l'avait dit ?

— Non, répondit Markus.

— Ce n'est pas un travail difficile. Venez. »

Elle se releva et traversa la pièce vide. Markus lui emboîta le pas, bien qu'elle ne le lui eût pas demandé. Ils se rendirent dans une antichambre plongée elle aussi dans une semi-obscurité et où Selma Bruhns désigna du doigt une porte dont la partie supérieure était vitrée. Markus l'ouvrit et alluma la lumière : c'était la salle de bains. Il entra et referma la porte sans la verrouiller. Après avoir ouvert le robinet, il se lava les mains en évitant de s'apercevoir dans le miroir. Les dalles du sol étaient crasseuses. Le lavabo blanc était recouvert d'une couche grise, durcie par le temps, qui ressemblait à un pelage rugueux. Lorsque Markus souleva le couvercle des toilettes, une odeur de moisi s'éleva de l'eau stagnant dans le tuyau d'écoulement et dont la surface était parsemée de petites bulles. Le néon du plafond se reflétait dans les murs carrelés de la pièce, qui n'avait qu'une unique bouche d'aération. Markus sortit de la salle de bains. Comme il n'avait pas trouvé de serviette, il avait essuyé ses mains sur son pantalon.

Selma Bruhns le conduisit à travers une série de pièces où Markus eut tôt fait de perdre tout sens de l'orientation, jusqu'au moment où ils se retrouvèrent dans le vestibule.

« C'est ici », dit-elle en s'écartant pour le laisser regarder.

Markus découvrit une pièce sans fenêtres. Il n'y avait ni table ni chaise, rien que trois caisses trônant au milieu du cagibi. Elles étaient en bois et fermées par des couvercles solides munis de cadenas.

« Les papiers se trouvent dans les caisses. Votre tâche est simple : vous devez les classer par ordre chronologique d'après les dates indiquées sur les feuillets. »

Elle lui donna ces instructions sur le même ton qu'elle avait employé avec lui sur la terrasse. Elle ne paraissait attendre aucune réponse.

« Les clefs, dit-elle en lui tendant un trousseau. Quand vous rentrerez chez vous, vous refermerez les caisses et me rendrez les clefs. »

Selma Bruhns le laissa seul. Elle ferma la porte donnant sur la cage d'escalier et le vestibule. Markus épia le bruit de ses pas. Quand elle fut loin, il rouvrit la porte du cagibi en l'entrebâillant de manière à l'entendre si elle revenait. Il tourna une clef dans la serrure de la première caisse. Les gonds étaient rouillés, il eut du mal à soulever le couvercle. Un bruit suspendit son geste. Il vit apparaître dans la fente de la porte un chat : d'abord sa tête, puis son corps. Sous la fourrure rousse, les côtes saillantes de la bête amaigrie.

Markus s'est enfermé dans une des cabines. Il a actionné la chasse d'eau et attendu, jusqu'au moment où il a entendu la porte des toilettes s'ouvrir et se refermer. L'homme est parti. Markus pousse le verrou et sort de la cabine, dont les parois ne touchent ni le sol ni le plafond. Il se dirige vers le lavabo et incline sa tête sous le robinet en faisant couler l'eau froide sur ses cheveux. Puis il se redresse et peigne en arrière avec ses deux mains les mèches humides qui sont maintenant plaquées sur sa tête, fraîches et disciplinées.

« Comment avez-vous connu Mme Bruhns ? » demande Berger.

Markus est sorti des toilettes et a regagné la pièce où il attendait. La secrétaire le regarde et fait un signe de tête presque imperceptible mais dont Markus comprend immédiatement le sens : le commissaire Berger est arrivé.

« Par le bureau de placement pour étudiants. Elle les a appelés », répond Markus.

Quand il a ouvert la porte menant à la pièce attenante, il a vu en face de lui, près de la fenêtre, le petit homme qui le regardait entrer.

« C'est donc un pur hasard qui vous a conduit chez Mme Bruhns. »

Sans un mot d'accueil, Berger lui a désigné la chaise placée devant le bureau. Markus est resté lui aussi silencieux. Il s'est assis en évitant de rencontrer le regard de l'homme.

« Bien sûr que c'était un hasard. Qu'est-ce que vous imaginez ? » dit Markus.

L'homme s'est approché en trottinant de son bureau, doté d'un siège un peu plus confortable sur lequel il a pris place avec un mouvement aisé qui semble à Markus la marque d'une longue habitude. Son visage ne révèle qu'une bienveillance distante.

« Dans quel but Mme Bruhns vous employait-elle ? En quoi consistait le travail que vous deviez faire ? »

La voix du commissaire semble trop grave pour son petit corps.

« Je devais mettre ses papiers en ordre, répond-il. Enfin, elle les appelait des papiers mais c'étaient des lettres. Des milliers de lettres.

— Des milliers ? s'exclame Berger.

— Je ne les ai pas comptées. »

Quand l'homme s'est présenté, Markus a à peine écouté. Maintenant, tout en attendant la prochaine question, il essaie de se souvenir de son nom.

« De quelle sorte de correspondance s'agissait-il ? Des lettres d'affaires ? Des lettres d'amour ? »

La première fois qu'il avait traversé le jardin pour partir, le soir, après avoir quitté Selma Bruhns, Markus s'était arrêté en se retournant pour observer les fenêtres de la villa. Il aurait aimé voir l'une d'elles s'ouvrir. Dans son imagination, c'était l'homme dont le portrait était accroché dans le vestibule de la maison qui ouvrait la fenêtre et le regardait d'en haut.

« De quelle sorte de correspondance s'agissait-il ? »

Le bureau est beaucoup trop grand pour le petit homme. S'il n'avait pas un corps si robuste, son aspect attendrirait Markus.

« C'étaient simplement des lettres. Une correspondance privée », répond-il.

Markus regarde par la fenêtre et attend la prochaine question. Berger se tait. Son silence n'a rien d'agressif, et Markus a l'impression qu'il l'autorise à observer les grues à l'œuvre sur un chantier en face de la préfecture de police. Avec leurs longs bras, elles brandissent des bennes au-dessus d'une fosse béante. Quand elles sont arrivées à la bonne position, le fond des bennes s'ouvre et une masse grise se déverse sur les coffrages.

« Voulez-vous aussi un café ? » demande le commissaire.

Il se lève sans attendre la réponse et se dirige vers une table sur laquelle sont posés un percolateur et plusieurs tasses. Près de la table, il y a un lavabo surmonté d'un chauffe-eau. Berger ouvre le percolateur, retire le filtre usagé et le jette dans la poubelle placée sous le lavabo. Il installe un nouveau filtre, verse précisément six cuillerées de café en poudre et la quantité d'eau appropriée, toujours avec la même exactitude minutieuse. Il pose la verseuse en verre sur la plaque chauffante et met la machine en marche.

« Faire du café est plus compliqué qu'il n'y paraît. »

Markus ne dit rien. Il se souvient que sa mère mettait directement la poudre dans la cafetière et versait dessus l'eau bouillante.

« Prenez-vous du lait et du sucre ?

— Seulement du lait », répond Markus.

Ils attendent tous deux que le café soit prêt. Assis sur sa chaise, Markus ne bouge pas. Berger reste debout près de la fenêtre, puis entreprend de remplir deux tasses.

« Ces lettres que vous deviez mettre en ordre, dit-il, vous les avez lues ?

— Non.

— Je ne vous crois pas. »

Berger apporte les tasses avec précaution et en pose une sur le bureau, devant Markus. Il garde l'autre à la main, s'approche de la fenêtre et boit à petites gorgées après avoir dilué le lait dans le breuvage.

« J'en ai lu quelques-unes, dit Markus. Elles étaient toutes adressées à Almut Bruhns.

— Le prénom de Mme Bruhns est Selma. »

Accroupi près des caisses, les genoux endoloris, il poursuivit avec hésitation la tâche qui lui était assignée, en épiant tous les bruits de la maison. Une porte se ferma. Un objet tomba par terre et se cassa. Puis le silence. Un accord plaqué sur le piano, un autre encore, suivi du début d'un prélude du *Clavier bien tempéré*. Markus se redressa quand la musique s'interrompit et que tout se tut de nouveau. Le calme fut rompu brutalement par un bruit de lutte au-dessus de sa tête, entrecoupé de soufflements et de miaulements furieux. Le combat prit fin aussi brusquement qu'il avait commencé. Il s'avança avec précaution vers la porte et la poussa : le vestibule était désert. À pas de loup, pour ne pas attirer l'attention des bêtes, il rejoignit l'entrée. Une nouvelle fois, son regard se posa fugitivement sur le portrait du vieillard. Il regarda encore autour de lui, puis sortit de la maison. Quand il eut rejoint la rue et ouvert la portière de sa voiture, il résolut de ne plus revenir. Il démarra et descendit la rue paisible, ombragée par les châtaigniers. Arrivé au carrefour, il prit la direction du centre-ville. Peu avant la place du marché, il se gara sur l'aire de stationnement d'un fast-food. Un toboggan se dressait sur le terrain de jeux de l'établissement. Markus commanda un café, des frites et deux hamburgers. Il porta son plateau à une table d'où il pouvait surveiller la rue.

« Tu m'achètes encore une glace ?

— Et un Coca pour moi.

— Pour moi, la pochette où est dessiné un clown. »

Sous la table autour de laquelle les enfants étaient assis avec leur mère, un chien à taches grises et noires s'était couché. Il tourna la tête et regarda Markus. Ses yeux étaient bleus.

Pendant qu'il buvait son café, fumait une cigarette, observait le chien et écoutait les voix à la table voisine, il essaya de ne pas penser à la villa. Ni à Selma Bruhns. Ni à la puanteur, aux chats, à la pénombre régnant dans la maison. La femme et les enfants s'en allèrent, suivis par le chien qui s'attarda un instant avant de leur emboîter le pas, comme pour prouver qu'il décidait lui-même de ses mouvements. Markus se leva et poussa la porte vitrée donnant sur l'extérieur.

Alors qu'il roulait vers le centre-ville, il s'arrêta près d'une cabine téléphonique. Il chercha sa carte de téléphone dans la poche de sa veste et attendit, sans sortir de sa voiture, que l'homme se trouvant dans la cabine raccroche et s'éloigne. Il introduisit la carte dans l'appareil et composa le numéro du bureau où Christine travaillait. En écoutant les sonneries, il se rendit compte qu'il ne savait pas ce qu'il allait pouvoir lui raconter.

« Cabinet Bollmeyer. »

Devait-il lui parler de l'enterrement, du seau où il avait transporté dans le jardin le chat à moitié décomposé ?

« Je voudrais parler à Christine Baumann, dit Markus.

— Un instant, je vous prie. »

Ou de la musique qu'il avait entendue alors qu'il se trouvait dans le cagibi, et qui se mêlait dans son souvenir à l'inhumation du chat mort...

« C'est toi, Markus ? »

Ou des caisses aux couvercles en bois, bourrées toutes trois de papier. Des feuilles crissant sous les doigts, menaçant de se déchirer. Couvertes d'une écriture toujours identique...

« Oui, dit Markus. J'ai trouvé un job. Pour plusieurs jours.

— De quel travail s'agit-il ?

— Ce n'est pas difficile, il faut classer des vieux papiers, rien de plus. »

En parlant, il sentit qu'il s'était engagé dans une conversation totalement dépourvue de sens.

« Il faut que je file, lança-t-il en hâte.

— Pourquoi as-tu appelé, Markus ? » demanda Christine.

Il répondit qu'il n'en savait rien. C'était la vérité.

Markus gara sa voiture sous les châtaigniers et s'avança vers la villa. Il remarqua soudain les endroits où le crépi s'était effrité, laissant apparaître les briques rouges. Des fragments de décorations étaient tombés des fenêtres et gisaient par terre, déjà à moitié enfouis dans les mauvaises herbes. Il ouvrit la porte de la maison.

Pendant un instant, il resta immobile dans l'entrée, suffoqué par la puanteur. Selma Bruhns apparut dans le vestibule. Elle le regarda, en laissant sa main sur la poignée – quelle pièce pouvait bien se cacher derrière cette porte…

« Vous vous sentez mal ? » demanda-t-elle.

Le téléphone sonne. Le commissaire Berger a regardé longuement en silence par la fenêtre vers laquelle il a fait pivoter son siège, en tournant le dos à Markus, les yeux fixés sur l'horizon au-delà des grues du chantier. Il ne réagit qu'à la troisième sonnerie : il décroche, écoute et raccroche sans avoir prononcé un mot.

Markus a fermé un moment les yeux en essayant de se rappeler ce qu'elle lui avait dit le soir précédent, quand elle l'avait conduit dans sa chambre après qu'il eut achevé son travail. Elle s'était assise dans un fauteuil dont le tissu vert sombre était usé jusqu'à la corde. Markus s'était assis en face d'elle sur un tabouret, la mallette se trouvait entre eux. Le lampadaire éclairait ses mains croisées, dont la peau blanche était parsemée de taches brunes. Tout le reste – son lit, l'armoire, la table, les tableaux – était plongé dans l'obscurité. Markus ne pouvait même pas distinguer son visage, car elle avait retiré sa tête du halo lumineux. Au cours des six jours qu'il avait passés chez Selma Bruhns, il n'avait eu le droit de pénétrer dans cette chambre que la veille. De toute la villa, elle n'habitait que cette pièce.

« Vous pouvez fumer, si vous voulez », dit Berger.

Markus tient toujours sa tasse, même si elle est vide et ne contient plus qu'un peu de marc attaché à la porcelaine. Il se tait.

« Quel âge avez-vous ?

— Vingt-deux ans », dit Markus.

Il sort le paquet de la poche de sa veste et allume une cigarette. Berger fait pivoter de nouveau son siège en s'agrippant au bureau.

Il saisit le formulaire contenant les rares déclarations faites par Markus en réponse aux questions de la secrétaire – qui appartient peut-être elle aussi à la police.

« Vous déclarez que vous êtes étudiant... »

Il parle bas et Markus doit se concentrer pour comprendre ce qu'il dit.

« Quelles études faites-vous ?

— Aucune », répond Markus.

Pour une fois, à sa propre surprise, il ne ment pas comme il en a l'habitude quand on lui pose cette question.

« Je me suis inscrit en philosophie. J'ai assisté à deux cours, puis j'ai définitivement cessé d'y aller. »

Il sent que son visage est brûlant. Pourquoi a-t-il honte ?

« Vous n'êtes donc pas retourné à l'université. En revanche, vous êtes retourné six jours d'affilée chez Selma Bruhns.

— Elle me payait », dit Markus.

La porte s'ouvre dans son dos, quelqu'un entre dans la pièce. Markus se penche sur le bureau et écrase sa cigarette dans le cendrier. Un homme passe devant lui et pose un dossier sur le sous-main du commissaire.

Berger remercie l'homme, se lève et sort avec lui. À force de rester presque immobile sur sa chaise, Markus a l'impression de s'être tassé. Il se redresse, s'étire et s'approche d'un plan de la ville accroché au mur. L'emplacement des églises est signalé par de petites tours. Des cercles rouges indiquent les tribunaux, les écoles et les administrations. Des rubans blanc et noir partant de la gare centrale, symbolisée par un rectangle, représentent les voies de chemin de fer. Markus fixe ce plan comme s'il s'agissait d'une carte montrant les différents chemins permettant de fuir loin du carré correspondant à la préfecture de police.

Il ne la regardait pas. Ses yeux étaient de nouveau posés sur le portrait du vieil homme, où des détails lui apparaissaient pour la première fois. L'anneau à sa main, en bas à droite de la toile. La manchette blanche et empesée recouvrant son poignet. L'étoffe de son costume, légèrement fendillée. Le mouchoir glissé dans la pochette de sa veste. Le cou maigre et plissé, flottant dans le col dur. Le nœud noir de la cravate sous la pomme d'Adam saillante.

« Vous vous sentez mal ? » répéta Selma Bruhns.

Elle lâcha la poignée de la porte et s'approcha de lui. Markus résista à son envie instinctive de reculer devant elle. Il essaya de la regarder. Elle portait une robe descendant jusqu'aux chevilles, taillée dans une étoffe rouge sombre si tachée qu'elle en paraissait noire et qui retombait mollement, sans aucune ceinture pour la retenir. Elle était plus grande que lui. Ses cheveux étaient coupés court. Elle avait maintenant des chaussures de toile blanche, sans talons. Pas de bas.

« Pourquoi ne répondez-vous pas ? » demanda Selma Bruhns.

Markus la regarda droit dans les yeux. Ils étaient gris, leurs pupilles étaient contractées.

« Oui, je me sens mal, dit-il. Je ne peux pas me faire à cette puanteur. Comment arrivez-vous à la supporter ? »

Markus s'efforça de penser aux posters affichés dans le fast-food, au goût du Coca-Cola, au chien qui l'avait observé de ses yeux bleus.

« Quelle puanteur ? » demanda Selma Bruhns.

Il la contourna pour atteindre un fauteuil en rotin placé près de l'escalier, où il s'assit. On entendait toujours à l'étage de faibles cris s'élever à intervalles rapprochés.

Selma Bruhns sembla se désintéresser de lui. Elle se détourna, traversa le vestibule et s'arrêta à l'entrée du couloirmenant aux pièces situées sur la droite.

« Venez », dit-elle en s'engageant dans le couloir.

Markus n'entendit plus que le bruit presque imperceptible de ses chaussures de toile glissant sur le parquet.

L'étage était maintenant absolument silencieux. Les bêtes existaient-elles vraiment ? Markus se leva et la suivit. Il se sentait tenté de rebrousser chemin, de descendre quatre à quatre les marches menant à la porte d'entrée et de courir jusqu'à la rue.

Le couloir n'avait pas de fenêtres. Markus s'y avança en effleurant le mur de la main. Il arriva dans une antichambre qui était vide en dehors d'un banc en bois au dossier crevassé. Trois portes. Il s'immobilisa, ne sachant où se diriger. La porte de droite était entrebâillée, les autres étaient fermées.

« Monsieur Hauser ? »

La porte s'ouvrit complètement. Il la vit dans l'encadrement, derrière elle s'étendait une cuisine au sol carrelé noir et blanc.

« Je vais vous montrer où vous pouvez vous faire du café », dit Selma Bruhns.

Markus entra dans la cuisine et elle lui indiqua une bouilloire sur la cuisinière. Un pot émaillé blanc avec un bec recourbé. Une table trônait au centre de la pièce, surplombée d'une ampoule. Sous la fenêtre hermétiquement close, comme toutes les autres, l'évier en pierre était rempli de vaisselle sale, incrustée de restes de nourriture.

« Il y a des tasses dans le placard », lança-t-elle sur le seuil, où elle était restée immobile.

Markus ouvrit une porte du placard et sortit une tasse.

« Est-ce que je ne pourrais pas ouvrir au moins une fenêtre ? » implora-t-il.

L'odeur des bêtes, si suffocante dans le vestibule qu'il osait à peine y respirer, avait pénétré jusqu'ici.

Elle ne répondit pas. Markus l'observa tandis qu'elle sortait un paquet de cigarettes d'une poche de sa robe. Elle tira le tiroir de la table, attrapa une boîte d'allumettes et alluma une cigarette. La flamme de l'allumette brûla si longtemps qu'elle faillit atteindre ses doigts.

« Dans ma maison, on n'ouvre pas les fenêtres », dit Selma Bruhns.

Markus lança : « Je suis désolé, il faut que vous trouviez quelqu'un d'autre pour ce travail, je ne supporte pas la puanteur », mais elle avait déjà quitté la cuisine et il n'était pas sûr qu'elle l'eût entendu. Il épia le bruit de ses pas. Il posa la tasse qu'il tenait toujours dans sa main. Machinalement, il prit le journal jauni gisant sur la chaise placée près de la table. C'était cette gazette hebdomadaire qui était distribuée gratuitement dans chaque quartier de la ville.

Il avait fini par sortir de la cuisine et s'était immobilisé dans l'antichambre, l'oreille aux aguets, mais il n'avait entendu que des trépignements et des coups de griffe au-dessus de sa tête. Il retourna dans le vestibule, décidé à quitter la maison. Son cartable était resté dans le cagibi où il avait commencé la tâche pour laquelle Selma Bruhns le payait. Au lieu d'aller le chercher, cependant, il monta à l'étage. Il ne rencontra aucune bête dans l'escalier. L'odeur était plus âpre que jamais, le sol du palier où il arriva était jonché d'excréments de chats. Les portes donnant sur le palier étaient ouvertes. Ils avaient remarqué sa présence, maintenant. Plusieurs s'approchèrent de lui, les yeux injectés de sang, mais s'arrêtèrent à une distance respectueuse. Quand il fit un pas dans leur direction, ils filèrent sans bruit. Il entra dans une des pièces en faisant attention à ne pas marcher dans les crottes. Pas un meuble, pas un tableau, rien que les lourds rideaux aux fenêtres. Dans un coin, une chatte avec six chatons minuscules. Elle souffla en le voyant et, avant qu'il ait eu le temps de lever le bras pour se protéger, un autre chat lui sauta dessus. La bête planta ses griffes dans le tissu de sa chemise. Il l'attrapa par le cou et l'envoya promener, se faisant griffer au passage les deux mains jusqu'au sang. Il battit en retraite vers l'escalier, en retenant sa respiration pour ne pas laisser la puanteur pénétrer dans son corps. Des chats sortaient des autres pièces, le regardaient d'un air hostile. Il descendit à reculons, sans les quitter des yeux, jusqu'au moment où il fut assez loin pour se sentir en sécurité. Selma Bruhns se tenait dans le vestibule et l'observait. Il se sentit pris sur le fait, comme s'il avait transgressé une interdiction.

« À combien s'élève le salaire que je vous paie pour une heure ? » demanda-t-elle.

Markus passa près d'elle sans répondre et alla chercher son cartable dans le cagibi. Elle le suivit. Quand il se pencha pour prendre le sac, elle répéta sa question.

« À combien s'élève le salaire que je vous paie pour une heure ?

— Dix marks. Vous devez le savoir », dit Markus.

Il voulait quitter le cagibi mais Selma Bruhns, immobile sur le seuil, lui barrait le chemin.

« Je vous paierai le triple si vous restez », dit-elle.

Markus entend des pas dans la pièce voisine et se retourne : c'est la secrétaire qui ouvre la porte sans entrer dans le bureau du commissaire.

« Vous êtes seul ?

— Oui.

— Monsieur Berger a-t-il dit quand il reviendrait ?

— Il n'a rien dit du tout. »

Le ton de Markus est plus véhément qu'il ne le prévoyait. La secrétaire le regarde d'un air étonné, lui sourit et referme la porte.

Markus s'approche lentement du bureau. Il prend la chemise posée dessus et enlève l'élastique. Elle contient six photographies. Markus les regarde une à une. Il les soulève puis les remet en place avec précaution. Il referme le dossier avec l'élastique et le pose à l'endroit exact où il l'a trouvé.

Le soir précédent, alors qu'il traversait le jardin en courant pour rejoindre la rue, il s'était mis à pleuvoir. Quelques grosses gouttes commencèrent à s'abattre sur les feuilles du châtaignier, puis ce fut un déluge qui obscurcit la lumière des lampadaires de la rue. Le temps qu'il atteigne sa voiture, déverrouille et ouvre la portière, sa chemise était trempée. Markus avait démarré, mis en marche le ventilateur et s'était penché sur la droite pour regarder à travers la vitre. Il avait essuyé la buée avec sa manche, mais il ne put distinguer la maison de Selma Bruhns derrière le rideau de pluie. Il avait fini par desserrer le frein à main, actionner l'essuie-glace et redescendre lentement la rue au milieu des flaques qui avaient tôt fait de se former au bord des trottoirs. Arrivé au carrefour, il avait laissé derrière lui la Kurfürstenallee.

Markus entend des voix dans la pièce voisine, mais il ne comprend pas ce qu'elles disent. Il s'éloigne instinctivement du bureau et s'assied sur la chaise que le commissaire lui a attribuée, en résistant à l'envie d'allumer une cigarette. Il s'efforce de ne pas fixer le dossier posé juste en face de lui.

La première photo : le fauteuil en tissu vert usé jusqu'à la corde. Sa tête est renversée en arrière sur le dossier. L'écharpe blanche qu'elle avait demandé à Markus d'aller lui chercher dans la commode.

Une porte s'ouvre dans le dos de Markus, il entend Berger entrer dans la pièce : il reconnaît son pas trottinant. Le commissaire est suivi d'un homme que Markus identifie aussitôt quand il se retourne. Tandis que Berger reprend sa place derrière le bureau, sans un regard pour Markus, et redresse le dossier d'un geste nerveux, comme si Markus ne l'avait pas remis à sa place, l'homme reste debout près de la porte. Les mains croisées derrière son dos, il regardeà la ronde d'un air inquiet en évitant de poser les yeux sur Markus. La deuxième photo : son visage se détachant sur les ténèbres à la lumière du flash. Les lèvres tordues en un rictus ironique. Elle serre les dents, ses yeux sont ouverts, elle lève les sourcils très haut. Les cheveux qui laissent les oreilles à découvert.

« Asseyez-vous », dit Berger à l'homme avant de leur tourner le dos en faisant pivoter son siège.

L'homme se racle la gorge, il est sur le point de parler mais Berger le devance.

« Attendez. Nous allons enregistrer votre déposition. »

La troisième photo : ils l'ont soulevée du fauteuil et étendue par terre. La robe rouge parsemée de taches sombres recouvre son corps jusqu'aux chevilles. Surmontant enfin sa timidité, l'homme s'approche de la chaise qui se trouve près du bureau, non loin de Markus. Désormais, ses yeux ne peuvent plus l'éviter. Son regard est circonspect, non dénué de bienveillance. Il sourit. Markus sent que l'homme aimerait lui dire quelque chose, mais comme Berger garde le silence ils se taisent également. La quatrième photo : gros plan. Ses mains blanches et tavelées sont agrippées à l'écharpe enserrant son cou. Markus n'en peut plus, il se lève, se dirige vers le lavabo, ouvre le robinet et incline sa tête sous le jet d'eau. Il sent la fraîcheur sur son crâne et les gouttes coulant sur son visage, comme s'il pleurait. Il ferme le robinet. La cinquième photo : maintenant, ses yeux sont clos. Ils ont abaissé ses paupières sur ses pupilles. Il saisit la serviette et s'essuie le visage. La sixième photo : ils l'ont couchée sur une civière et l'ont enveloppée dans un drap de plastique. Il a toujours les cheveux mouillés et ils sont plaqués sur son crâne.

« Avez-vous regardé les photos ? » demande Berger sans se retourner.

Markus regagne sa chaise, il n'a pas répondu.

Avec soulagement, Markus sortit du cagibi. Bien qu'il eût l'impression d'avoir à peine progressé dans ses efforts pour mettre en ordre les papiers, il se sentait aussi exténué que s'il avait fait dix heures de travaux forcés. Il avait perdu beaucoup de temps à chercher une méthode pour mener à bien sa tâche. Il avait commencé à faire des piles en classant les lettres par années puis, devant l'énormité de leur masse, par décennies. Le sol du cagibi se couvrit bientôt d'une multitude de piles, et il redoutait que les bêtes ne puissent s'introduire dans la pièce et anéantir ces premiers résultats obtenus avec tant de peine.

Il enfila sa veste, qu'il avait posée sur une des caisses encore fermées, puis remit en place le cadenas de celle qu'il avait ouverte et tourna soigneusement la clef, comme le lui avait recommandé Selma Bruhns. Il prit son cartable et ouvrit la porte, certain que les chats devaient le guetter.

En regagnant le vestibule, cependant, il n'en aperçut aucun. Il n'entendit pas même un bruit trahissant leur présence : la maison était silencieuse, comme si la nuit s'était annoncée. Selma Bruhns l'attendait dans le vestibule, devant le portrait de l'homme. Elle tenait à la main un porte-monnaie allongé, semblable à ceux qu'utilisent les chauffeurs de taxi et les garçons de café. Elle l'ouvrit et en sortit trois billets de cent marks.

« Vous pouvez attendre que j'aie terminé le travail pour me payer, dit Markus.

— Non, rétorqua Selma Bruhns. Vous êtes resté dix heures ici, je vous paie donc dix heures. »

Elle lui tendit l'argent. Markus le prit sans dire un mot. Il s'efforçait de lutter contre le sentiment de n'avoir pas gagné cet argent. Il ouvrit la porte d'entrée.

« Vous reviendrez demain ? » demanda-t-elle.

Markus ne répondit pas tout de suite. Même s'il n'y avait pas réfléchi, il savait qu'il lui serait impossible de lui mentir.

« Je ne sais pas encore », dit-il en refermant la porte dans son dos.

Après avoir descendu quatre à quatre les marches du perron de la maison de Selma Bruhns, après avoir rejoint sa voiture et s'être assis au volant, il n'était pas rentré directement.

Arrivé au bout de la Kurfürstenallee, il tourna à gauche et suivit le boulevard jusqu'au troisième croisement. Il s'engagea alors dans une série de petites rues et finit par s'arrêter devant un cinéma faiblement éclairé. Il savait qu'on y donnait régulièrement des séances à des heures tardives. Il se gara dans la zone de stationnement interdit. À l'entrée, la caissière déclara que la séance avait déjà commencé depuis une demi-heure. Sur son insistance, cependant, elle lui vendit un ticket. Quand ses yeux se furent habitués à la pénombre de la salle, il distingua une dizaine de spectateurs disséminés dans les rangées, seuls ou en couple. Markus n'avait pas songé à regarder quel film passait. Il s'assit au fond, sur un strapontin. Il n'essaya pas de suivre l'action. Il lui suffisait d'être assis dans le noir et de ne pas avoir à parler à quelqu'un. Il regardait les silhouettes évoluer sur l'écran, se laissait bercer par une mélodie de mots et de bruits qui l'assoupissait, quand soudain il se souvint qu'il n'avait pas fermé à clef sa voiture et que le cartable contenant l'argent était posé bien en évidence sur la banquette arrière. Il resta dans la salle jusqu'à la fin du film et ne partit que pendant le générique de fin, avant qu'on ait rallumé les lumières.

Le second jour

La secrétaire fait son entrée, un crayon et un bloc sténo à la main. Elle les pose sur le bureau, va chercher une chaise placée près du plan de la ville et s'assied. Berger continue de regarder par la fenêtre en leur tournant le dos.

« Nous pouvons commencer », dit-elle.

Berger fait pivoter son siège et regarde Markus d'un air indifférent, comme s'il commençait à l'ennuyer. Puis il observe l'autre homme, qui lui sourit, décontenancé par le long silence.

« Vous êtes un voisin de Mme Bruhns, ou plus précisément vous êtes le propriétaire de la villa dont le terrain jouxte celui de Mme Bruhns. Vous dites que vous ne connaissez pas Mme Bruhns. Vous ne la voyiez que lorsqu'elle sortait dans son jardin ou quand elle allait à sa grille, lors du passage de la voiture de livraison qui lui apportait ses provisions. Est-ce exact ? Vous déclarez que Mme Bruhns n'avait pas réagi un jour que vous lui aviez adressé la parole par-dessus la clôture. C'est bien cela ? »

Il semble à Markus que les paroles de Berger sont chargées d'une colère cachée, silencieuse, nourrie par le long silence qui a précédé.

« Que lui avez-vous dit ? »

L'homme se racle la gorge, il commence à parler d'une voix si indistincte qu'on comprend à peine ses premiers mots.

« Je voulais lui parler du désordre.

— Que dites-vous ? Parlez plus fort, dit Berger.

— Je voulais lui parler du désordre, répète l'homme.

— Quel désordre ?

— Le jardin, la maison, la puanteur... »

L'homme balbutie, et la secrétaire qui n'a pas pris ses propos en sténo lui dit : « Calmez-vous. »

Berger bondit de son siège et personne n'aurait l'idée de rire de son pas trottinant tandis qu'il se dirige vers le plan de la ville. Les mains croisées derrière le dos, il l'examine comme s'il cherchait la rue où habitait Selma Bruhns.

« Quand avez-vous acheté votre maison de la Kurfürstenallee ? demande le commissaire.

— Il y a une vingtaine d'années, répond le voisin qui s'efforce maintenant d'adopter un ton cordial. Cela dit, je croyais que je devais faire une déposition sur ce que j'ai vu hier soir. »

Berger continue de fixer le plan.

« Combien de fois avez-vous adressé la parole à Mme Bruhns durant ces vingt années ? » demande-t-il.

Sa voix est indifférente, comme s'il lui était absolument égal qu'on lui réponde. Il revient à son bureau et s'assied d'un bond.

« Connaissez-vous cet homme ? »

Il s'adresse maintenant à Markus, qui ne s'attendait pas à devoir dire quelque chose.

« Oui, je le rencontrais dans la rue, le matin, quand j'allais chez Mme Bruhns. »

Depuis qu'il a vu les photographies, depuis qu'il sait que Selma Bruhns est morte, la pièce a changé, comme si elle avait rétréci. Le commissaire n'a plus l'air d'un nain, la secrétaire n'est plus la femme d'une indifférence aimable qu'elle était dans l'antichambre, les questions auxquelles Markus doit faire face appellent maintenant des réponses difficiles.

« Et vous ? Reconnaissez-vous cet homme ? »

Berger s'est tourné vers le voisin de Selma Bruhns, qui semble n'avoir d'autre désir que de pouvoir enfin parler.

« Oui, je l'ai reconnu tout de suite. Il est sorti de la maison de Mme Bruhns, hier soir. Avec précipitation. »

L'homme parle vite, comme s'il avait hâte d'en finir.

« Quel est le sens du mot précipitation, dans votre vocabulaire ? » demande Berger.

Sa voix est si hostile que Markus lève la tête et le regarde. L'homme assis devant le bureau du commissaire rougit violemment. Il paraît sentir cette hostilité, contre laquelle il est sans défense. Cette fois la secrétaire ne dit rien, cette fois il est seul.

« Il a descendu l'escalier quatre à quatre.
— Quatre à quatre ? Quel escalier ? »

Berger ne lui laisse pas le temps de reprendre contenance. Sa colère, qui jusqu'à présent ne faisait que transparaître à travers ses propos, est maintenant palpable pour tous les occupants de la pièce.

« Je vous ai posé une question », lance le commissaire.

Markus ne le regarde plus. Il se met à caresser ses cuisses de ses mains qui jusqu'alors reposaient sur ses genoux. Il espère que l'homme va enfin se lever, sortir et les laisser de nouveau seuls.

« L'escalier de son perron, dit l'homme.
— Quel perron ? »

En quête d'un secours, l'homme se tourne maintenant vers la secrétaire.

« Je ne vois pas pourquoi je devrais supporter d'être traité de la sorte », déclare-t-il.

Christine s'était levée avant lui. Quand il se réveilla, il l'entendit s'affairer dans la cuisine. Quelque chose tomba sur le carrelage, une tasse tinta sur une soucoupe, la porte du réfrigérateur se referma brusquement. Markus se redressa dans le lit et s'adossa au mur, dont il sentit le papier peint rugueux contre sa peau nue. Il attrapa le paquet de cigarettes sur la table de nuit. Les rideaux étaient tirés, mais le jour brillait à travers l'étoffe et Markus distinguait nettement les contours de la commode, de l'armoire...

« Vas-tu retourner chez cette femme ? » demanda Christine.

Il s'était levé et était entré dans la cuisine, vêtu en tout et pour tout d'un caleçon. Elle avait fait du café. Il s'assit à la table et l'observa tandis qu'elle lavait la vaisselle dans l'évier. Elle portait un jean et un pull-over clair dont le col, sembla-t-il à Markus, entourait son cou avec tendresse.

« Je ne sais pas encore, dit Markus.
— Quand comptes-tu le savoir ? »

Christine s'assit en face de lui et le regarda.

« C'est une vieille femme », dit Markus.

Il s'aperçut qu'il lui était très difficile d'en parler et se força à continuer.

« Elle vit avec ses chats dans une maison qui tombe peu à peu en ruine. Ça sent mauvais. Toute la maison sent mauvais à cause de ces bêtes. Je ne crois pas qu'elle sache combien il y en a. J'ai été là-haut. Elle n'habite pas l'étage, il appartient aux chats. Leurs excréments sont partout. Ils ont des yeux injectés de sang. L'un d'eux m'a sauté dessus. »

Markus montra à Christine les traces de griffes sur sa main. Christine posa la sienne sur les plaies. Elle souriait, et il crut deviner ce qu'elle pensait.

« Je voulais partir, j'avais été chercher mon cartable, mais elle m'a barré le chemin. Elle me paie trente marks de l'heure.

— C'est une somme, dit Christine. C'est pour cette raison que tu veux y retourner ?

— Oui. »

Markus fut soudain convaincu que seul ce motif pouvait justifier sa décision de revoir Selma Bruhns.

« Cet argent peut nous être utile », déclara Christine.

Markus alluma une deuxième cigarette.

« Je dois m'en aller », dit-elle.

Elle quitta la cuisine. Il l'entendit ouvrir et refermer la porte de l'appartement. Il se leva, s'approcha de la fenêtre et la regarda sortir de l'immeuble. Elle rejoignit son vélo attaché à la grille du jardin, enleva l'antivol et monta en selle. Quand elle s'éloigna, il se détourna de la fenêtre et se rendit dans la salle de bains. Il ôta son caleçon. Lorsque l'eau froide de la douche s'abattit sur son corps, il retint son souffle.

Il s'habilla et retourna dans la cuisine. Près du réfrigérateur, il trouva son cartable qu'il avait posé la veille dans le vestibule en rentrant – ilétait très tard, Christine dormait, il avait essayé de fermer les portes sans faire de bruit. Quand il l'ouvrit pour prendre son carnet, où il n'avait encore rien écrit depuis six semaines qu'il l'avait acheté, il découvrit un petit paquet enveloppé dans une feuille d'aluminium. Il le déballa, certain que Christine l'avait glissé dans le sac. En voyant qu'il s'agissait d'un sandwich au fromage, il se rappela que pendant les récréations, dans la cour, il avait coutume d'échanger son casse-croûte contre ses premières cigarettes.

Arrivé au carrefour, il s'engagea dans la Kurfürstenallee. Le soleil encore bas l'éblouissait et il baissa le pare-soleil. Il ralentit et s'arrêta devant la maison de Selma Bruhns.

Berger les a abandonnés à leur sort. Il a bondi sur ses pieds et est resté un moment à côté de son bureau, sans accorder un regard à l'homme qui l'observe d'un air ahuri ni à la secrétaire dont le visage ne révèle qu'un ennui paisible. Il ne fait pas non plus attention à Markus, lequel ne peut s'empêcher de le fixer comme s'il lui avait posé une question et attendait sa réponse avec impatience. Sans un mot d'excuse ou d'explication, le commissaire a gagné la porte et l'a refermée brutalement dans son dos.

« Qu'est-ce que ça veut dire ? s'exclame l'homme qui est ici pour faire une déposition. Je n'y comprends rien. »

La dernière fois qu'il était allé chez Selma Bruhns, Markus était descendu au jardin vers midi, à l'heure où même les chats semblaient dormir. Les orties avaient envahi les plates-bandes. Aussi hautes qu'un homme, elles submergeaient les autres plantes et les étouffaient. Le chemin n'était plus reconnaissable, on ne distinguait plus çà et là qu'un caillou blanc brillant entre les herbes folles. Derrière la maison, dans une niche du mur séparant le terrain de ceux des voisins, Markus découvrit une statue en grès sur un socle en forme de colonne : une jeune femme couverte de mousse était agenouillée, un globe à la main. Markus s'assit dans l'herbe en s'adossant au mur, dont il sentit la pierre à travers l'étoffe légère de sa chemise. Arbres et buissons cachaient à sa vue la demeure de Selma Bruhns.

« S'il s'en va, je peux aussi m'en aller », déclare l'homme assis devant le bureau du commissaire.

Il repousse sa chaise et se lève. Manifestement, l'absence de Berger a ranimé sa colère et son courage.

« Asseyez-vous donc, dit la secrétaire. Je vais vous apporter un café.

— Je n'ai pas envie de café », rétorque-t-il.

Markus détourne les yeux et regarde par la fenêtre. Chaque matin, en garant sa voiture, il voyait cet homme sur le trottoir d'en face. Sans chercher à dissimuler sa curiosité, il observait Markus qui sortait de la voiture, prenait son cartable sur le siège arrière et fermait la portière. Chaque matin, Markus avait l'impression que cet homme voulait lui adresser la parole, lui crier quelque chose par-dessus la chaussée, et il se dépêchait d'ouvrir le portail.

Le voisin de Selma Bruhns reste debout près de sa chaise et fixe la secrétaire, comme s'il espérait d'elle un mot capable de l'apaiser. Pour la première fois, Markus entend le tic-tac de la pendule placée sur le bureau. Sans montrer le moindre signe d'irritation ou de nervosité, la secrétaire se lève à son tour et s'approche du téléphone du commissaire. Elle appuie sur deux touches et attend. Markus entend distinctement les sonneries dans l'écouteur. Il se dit que quelque part dans ce bâtiment le téléphone retentit dans une pièce où Berger se trouve, et le commissaire fait les cent pas en trottinant sans songer à décrocher, peut-être même n'entend-il pas les sonneries – c'est ainsi que lui, Markus, n'a perçu le bruit de la pendule du bureau qu'au moment où il y était prêt. La secrétaire raccroche.

« Asseyez-vous, dit-elle à l'homme qui lui fait face. J'ai sans doute tort, mais je crois que je vous dois une explication. »

Le ton de sa voix a changé, elle ne paraît plus indifférente mais hostile et déterminée, presque désobligeante, comme si elle reprochait à Markus et à l'homme de l'avoir contrainte à cette explication.

« Il y a un an, le commissaire principal Berger a pris un congé, commence-t-elle en regagnant sa place. Un de ses proches était gravement malade. M. Berger s'est occupé de cette personne et l'a accompagnée jusqu'à sa mort. Il n'a repris son service que depuis six semaines. Comprenez-moi bien. Il n'entre pas dans mes attributions de justifier le commissaire Berger, qui n'en a du reste aucun besoin. Mais je crois qu'il valait mieux vous le dire. »

Malgré ses efforts, Markus n'entend plus le tic-tac de la pendule, alors que la respiration de l'homme assis à son côté lui semble de plus en plus bruyante. Il ne regarde personne, ne jette même pas un coup d'œil par la fenêtre. Les yeux mi-clos, il fixe le plancher gris clair à ses pieds. Il a la gorge nouée, comme si on l'avait forcé à avaler quelque chose malgré sa répugnance. Il sent les larmes lui monter aux yeux et commence à trouver insupportable cette situation irréelle quand enfin la porte s'ouvre dans son dos. Berger est de retour.

« Vous étiez donc à votre fenêtre et vous observiez la villa de Selma Bruhns, n'est-ce pas ? »

Il est entré sans bruit, comme si sa personne était trop petite et légère pour qu'on puisse l'entendre, et a regagné son bureau en contournant l'homme qui attend toujours de faire sa déposition. Avec une amabilité que Markus trouve exagérée, il fait un signe de tête à la secrétaire, la seule personne qui lui soit familière dans cette pièce, avant de se retrancher derrière son bureau.

« Pourquoi étiez-vous à votre fenêtre, ce soir-là ? »

Markus a l'impression d'entendre vibrer encore dans les questions du commissaire un écho de la colère qui l'a contraint à quitter la pièce, et qu'il ne comprend peut-être pas lui-même. Le voisin de Selma Bruhns, qui a dû avertir la police dès la veille, se racle de nouveau la gorge avant de répondre. Markus attend cette réponse sans le regarder. Il songe qu'ils ont peut-être enfoncé la porte pour rentrer dans la maison, qu'ils se sont retrouvés dans le vestibule, suffoqués par la puanteur, abasourdis par le tumulte nocturne des bêtes à l'étage, avant de découvrir enfin la chambre. Peut-être ont-ils été alertés par la mince raie de lumière sous la porte derrière laquelle elle était assise sur le fauteuil, son écharpe blanche serrée autour de son cou...

« Je me trouvais par hasard dans notre chambre, qui est située au premier étage de notre maison et dont les fenêtres donnent sur le jardin de Mme Bruhns.

— Par hasard… » lance Berger.

Markus aimerait qu'il arrête de harceler ainsi le voisin, qu'il le laisse enfin dire le peu qu'il sait.

« Était-ce vraiment un hasard ou bien une manie morbide d'espionner votre voisine avec qui vous n'avez parlé qu'une fois en vingt ans ? »

La secrétaire, qui jusqu'à présent est restée parfaitement impassible, se lève et dit à Berger en tournant le dos à Markus et à l'homme : « Puis-je te parler un instant en tête à tête ? »

Markus était resté longtemps accroupi près des caisses, dans le cagibi plongé dans la lumière artificielle de l'ampoule. Insensiblement, il avait perdu la notion du temps. Avait-il passé des minutes ou des heures à sortir inlassablement les feuillets de la caisse, à les déplier, les aplatir, déchiffrer la date et tenter de les classer par ordre chronologique ? Il avait perdu conscience non seulement du temps mais de l'heure quand il entendit soudain sa voix.

« Monsieur Hauser. »

Elle parlait doucement, calmement, mais d'un ton net et résolu.

Se trouvait-elle dans le vestibule, devant le portrait du vieillard ?

« Monsieur Hauser. »

Markus se redressa. Le sol était couvert de lettres classées et empilées. Il sortit du cagibi.

« Où êtes-vous ? » demanda-t-il à mi-voix en constatant qu'elle n'était pas dans le vestibule.

Le premier jour, vers midi, la pluie avait cessé et le soleil avait brillé sur la maison de Selma Bruhns. Abandonnant le cagibi, il était sorti sur le perron menant au jardin et s'était adossé au mur de la maison. Il aspira à grands traits l'air frais afin de se remettre de l'atmosphère empestée par les chats régnant à l'intérieur. La lumière se reflétait sur les dalles trempées de pluie qui conduisaient au portail. Markus descendit les marches et s'engagea sur l'étroit sentier de terre battue sinuant au milieu de l'herbe exubérante. Les chats l'empruntaient-ils lors de leurs expéditions de rapine ? Il le suivit jusqu'aux fenêtres de la cuisine, qui étaient camouflées comme toutes les autres et sous lesquelles il s'arrêta. Des caisses de bouteilles gisaient par terre, vides. Elles étaient presque invisibles sous les mauvaises herbes, et rongées par les intempéries. Selma Bruhns avait-elle ouvert les fenêtres et jeté les caisses ?

Markus en saisit une qui paraissait encore solide, la posa contre le mur et monta dessus. Les torchons décolorés par le soleil qui bouchaient les fenêtres n'étaient pas entièrement hermétiques et Markus put regarder par une fente l'intérieur de la cuisine plongée dans la pénombre. Il pressa hardiment son visage contre la vitre en mettant ses mains en visière. Il vit Selma Bruhns. Assise à la table, sur une chaise dure, elle regardait fixement le mur. Elle fumait. Lentement, comme au ralenti, elle approchait la cigarette de sa bouche.

Il voulait retourner dans le cagibi. L'avait-elle vraiment appelé, ou s'était-il trompé, absorbé dans la lecture d'une des lettres qu'il devait classer ? Rien que deux phrases : *Il est temps que j'aille au bord de la mer, Almut, et que j'essaie de marcher sur l'eau, car les bateaux amarrés au port s'en vont là où je ne veux pas aller.* La première phrase. *Crois-moi, le soleil brûlant d'ici n'a rien à voir avec celui qui doit te réchauffer.* La seconde phrase. Mais lorsque trois ou quatre chats dévalèrent l'escalier, se précipitèrent dans le vestibule et disparurent, il s'aperçut que la porte d'entrée était ouverte. Il suivit les bêtes, qui étaient déjà invisibles dans l'herbe haute et les fourrés d'ortie. D'un pas prudent, il fit le tour de la maison. Selma Bruhns se trouvait dans la cour dallée qui communiquait avec la cuisine par une porte. En approchant, Markus distingua les papiers qu'elle avait entassés au milieu de la cour : des cahiers de musique. Il lut le nom inscrit sur la couverture du cahier placé au sommet du tas. Quand il fut près d'elle, Selma Bruhns dit en le fixant d'un regard absent, comme si elle s'apercevait à peine de sa présence : « Vous avez une voiture. »

Étonné, Markus en convint. Il ne savait pas encore ce qu'elle attendait de lui, il s'imaginait qu'il devrait faire une course pour elle ou qu'elle allait lui demander de l'emmener quelque part.

« Oui, répéta-t-il, j'ai une voiture. »

Ce que Selma Bruhns avait élevé au milieu de la cour de sa villa, c'était un bûcher.

« Avez-vous un bidon d'essence en réserve ? »

Comprenant où elle venait en venir, Markus refusa de répondre, comme s'il ne voulait rien avoir à faire avec cette histoire.

Puis Selma Bruhns ordonna : « Apportez-le. »

Markus était allé dans la rue et avait ouvert le coffre de sa voiture. Il en sortit le bidon qui était resté abandonné dans un coin des semaines durant et qu'il n'avait rempli que quelques jours plus tôt. Il referma le coffre et retourna dans la cour où Selma Bruhns était toujours debout près du tas de cahiers, exactement à la même place où il l'avait laissée pour obéir à son ordre, auquel il n'avait pas osé désobéir.

« Ouvrez-le », commanda-t-elle.

Surmontant avec peine sa répugnance et sa peur, il dévissa le bouchon du bidon. Le soleil était au zénith et il faisait si chaud que des vapeurs d'essence s'élevèrent et frôlèrent le visage de Markus. Il lui sembla sentir non seulement l'odeur mais le goût de l'essence.

« Donnez-moi ce bidon », dit Selma Bruhns.

Elle l'arracha des mains de Markus et entreprit de répandre l'essence sur les cahiers de musique, avec un calme et une lenteur qui donnèrent à Markus l'impression d'assister à un rituel.

Elle lui rendit le bidon : « Refermez-le, maintenant. »

Il pensait qu'elle allait lui demander son briquet, mais elle sortit une boîte d'allumettes de la poche de sa robe. Elle jeta une allumette enflammée sur le tas de papier qui s'embrasa en même temps que les vapeurs d'essence. Les cahiers se mirent aussitôt à flamber et le feu lécha les dalles où de l'essence avait coulé. On distinguait à peine les flammes dans la clarté éblouissante de midi, mais l'air commença à trembler.

« Quand ce sera fini, versez de l'eau sur les cendres », dit Selma Bruhns avant de se détourner et de rentrer dans la cuisine, par où elle avait dû passer pour porter les cahiers de musique dans la cour.

« Elle ne laissait personne l'approcher, voyez-vous. »

Il parle d'elle au passé, se dit Markus qui se trouve à quelque distance de lui, debout près de l'affiche où le jeune policier tend sa main d'un air confiant.

« Je l'ai épiée, c'est vrai, surtout les premiers temps, quand j'ai acheté la villa et tenté d'entrer en contact avec les voisins. J'ai sonné au portail, mais je n'ai pas osé pénétrer dans son jardin et m'approcher de sa maison en voyant qu'elle ne répondait pas. Je lui ai écrit une lettre. Non, pas de reproches, une simple invitation à venir nous faire une visite de bon voisinage. Comme elle ne se manifestait pas, j'ai essayé de lui parler par-dessus le mur du jardin, mais dès qu'elle me voyait elle se détournait et rentrait dans la maison. Il n'y avait pas autant de chats, à l'époque, et la maison était encore entretenue, seul le jardin était à l'abandon. Peu à peu, sa présence presque constamment invisible a commencé à me mettre mal à l'aise. Ces fenêtres condamnées, d'abord, et puis cette puanteur et ces chats qui ne cessaient de se multiplier et ne tenaient aucun compte des clôtures séparant nos propriétés. Mais ce n'était pas ça le principal.

Comment vous expliquer. J'étais importuné par l'odeur, bien sûr, c'était à peine si nous pouvions rester assis dans notre jardin. Sans compter le vacarme que faisaient ces bêtes, leurs combats sanglants qui avaient lieu souvent juste devant la porte de ma terrasse. Et les fenêtres toujours fermées, et les mauvaises herbes qui proliféraient jusque dans mon jardin. Non, tout cela était désagréable, irritant, son terrain était la honte de notre voisinage, mais ce qui me préoccupait vraiment, c'était la musique. Chaque après-midi, en rentrant chez moi, je guettais le son du piano. Bientôt, je me suis mis à l'attendre. Je n'ai rien d'un mélomane. J'avais l'impression qu'elle jouait toujours le même morceau, ce qui ne reflétait certainement pas la vérité mais plutôt mon ignorance de la musique classique. Mais ce que je veux vous dire, c'est que cette musique s'élevant de cette maison en ruine m'est devenue indispensable. Elle était comme un corps étranger dans mon univers prosaïque. Ma femme et moi, nous n'avons pas d'enfants, nous menons une vie tranquille, monotone, dominée par les habitudes. Peut-être cette musique est-elle devenue une de mes habitudes, justement, et quelque chose me manquait les jours où elle ne jouait pas, ce qui arriva de plus en plus souvent au fil des ans. Je finis par attendre le son du piano, je devins impatient. J'ai recommencé à l'épier, comme au début, quand j'étais en proie sans doute à la colère et à la curiosité, mais cette fois c'était différent. Je ne sais pas si c'était l'influence de la musique, je ne suis pas un mélomane, mais j'avais envie de lui parler, j'en avais besoin. Il s'agissait pour moi de découvrir pour ainsi dire si sa voix correspondait à sa musique, à l'image que je m'en faisais, je ne sais pas comment dire. Ça paraît peut-être fou mais je trouvais tout naturel ce besoin de vérifier si les mots qu'elle prononçait étaient aussi mystérieux, pour moi dont la vie était dénuée de mystère, oui, aussi mystérieux que sa musique. Un jour, j'ai réussi à la surprendre, elle était près du mur du jardin, peut-être cherchait-elle un de ses chats, elle n'a pas eu le temps de s'enfuir. Et alors que je pouvais enfin lui parler, je n'ai rien trouvé de mieux que de me plaindre de la puanteur et du jardin à l'abandon. »

Il n'a pas regardé Markus, en parlant ainsi. Il n'est plus rouge comme lorsque Berger l'attaquait, son visage paraît maladif à la lueur du néon. Il s'est adossé au mur du couloir et frotte de temps en temps ses épaules contre la paroi lisse, comme si son dos le démangeait.

« Comment aurais-je pu l'expliquer au commissaire ? » s'exclame-t-il.

Ils ont été priés de sortir par la secrétaire qui n'est sans doute pas une secrétaire, semble-t-il maintenant à Markus, qui est peut-être même la supérieure hiérarchique de Berger. Markus est dans le couloir avec le voisin de Selma Bruhns, en attendant que la femme ou Berger lui-même les rappellent dans le bureau. Markus n'a pas essayé de lier conversation avec l'homme, il s'est délibérément placé sous l'affiche, à quelque distance de lui. Cependant le voisin s'adresse à lui, ne cesse de parler, et Markus aimerait que le commissaire ouvre la porte et fasse taire cet homme.

C'est la femme dont Markus ignore le nom qui apparaît dans le couloir et les invite à revenir. Elle les précède, suivie de l'homme qui n'a toujours pas pu faire sa déposition. Derrière eux, Markus essaie de maintenir autant que possible la distance, tandis qu'ils traversent l'antichambre où il avait dû attendre et entrent dans le bureau de Berger.

Ce dernier a installé son siège dans un coin de la pièce, à côté de la fenêtre. Il a allongé ses courtes jambes et posé fermement ses coudes sur les accoudoirs. Les mains croisées devant son menton, qu'il caresse légèrement du pouce, il les regarde venir. Markus lui jette un regard furtif et il a l'impression que le commissaire lui fait un clin d'œil d'un air malin, avant qu'il détourne les yeux. Tout en s'asseyant, cependant, il se dit qu'il s'est certainement trompé. Le voisin de Selma Bruhns s'assied lui aussi, en rapprochant sa chaise de celle de Markus, comme si leur bref séjour dans le couloir avait instauré entre eux une solidarité à laquelle il n'entend pas renoncer, même dans ce bureau, face au commissaire. La femme reste debout près de la table.

« Monsieur Vorberg, je vais vous poser maintenant quelques questions auxquelles je vous prie de répondre aussi brièvement et précisément que possible », commence-t-elle.

En entendant son nom, Markus a l'impression que l'homme se transforme, acquiert d'un seul coup des contours définis et une place assurée dans la pièce.

« Vous avez déclaré que vous vous trouviez hier soir dans votre chambre, dont la fenêtre donne sur le jardin s'étendant devant la maison de Mme Bruhns.

— C'est exact, confirme l'homme.

— Quelle heure était-il ? »

Markus jette de nouveau un coup d'œil au commissaire. Comme si cette scène ne le concernait en rien, Berger a tourné la tête vers la fenêtre. Observe-t-il lui aussi la grue que dirige un conducteur invisible tout là-haut, dans sa cabine de verre ?

« Il était un peu plus de dix heures, dit Vorberg d'une voix où perce le soulagement.

— Ne faisait-il pas trop sombre pour distinguer quelque chose ? » demande la femme.

Elle approche sa chaise du bureau et s'assied.

« Non, il faisait encore assez clair.

— Qu'avez-vous vu ?

— J'ai vu monsieur, dit-il en désignant timidement Markus. Il sortait de la maison de Selma Bruhns.

— Cela n'a rien d'extraordinaire, n'est-ce pas ? remarque la femme. Pour quel motif avez-vous décidé d'avertir la police ? »

Markus n'était pas rentré dans le cagibi après ce qui s'était passé dans la cour. Il n'avait pas retrouvé le réduit qui était son lieu de travail depuis la veille, sans fenêtre, une simple ampoule en guise d'éclairage, pas de chaise, pas de table, les murs obscurcis par la poussière qui tourbillonnait quand il sortait de la caisse une nouvelle pile de feuillets. À moins que Selma Bruhns ne soit entrée et n'ait parcouru les lettres qu'elle avait rassemblées ?

Il était allé s'asseoir au jardin, sur un banc de fonte cerné de buissons qu'il avait découvert la veille, en revenant à la maison chargé du seau en plastique vide. Il avait l'impression de sentir encore la chaleur du feu sous sa peau. Il ne savait pas combien de temps il était resté sur ce banc, les yeux fixés sur le cadre verdoyant et sauvage dont il ne distingua bientôt plus les détails. Quand il se retourna, elle était debout derrière lui.

« Quel âge avez-vous, monsieur Hauser ? demanda Selma Bruhns.

— Vingt-deux ans, répondit Markus conformément à la vérité.

— Quelles études faites-vous, monsieur Hauser ? »

Elle n'avait pas changé de place pour lui parler, ce qui obligeait Markus à la regarder par-dessus son épaule. Avant qu'il ait pu lui répondre, elle s'avança devant le banc – il crut qu'elle allait s'asseoir à côté de lui et, l'espace d'un instant, il cessa de respirer.

Elle se dirigea vers un arbre se dressant à une dizaine de mètres du banc, s'arrêta et lança à Markus en lui tournant le dos : « Vous n'êtes pas forcé de me répondre si vous n'en avez pas envie. »

Et de nouveau, avant qu'il ait eu le temps de répliquer, elle s'éloigna de lui. Elle rejoignit le bouleau et posa sa main droite sur le tronc, comme si un accès de faiblesse l'obligeait à s'appuyer à l'arbre dont les branches pendantes plongeaient son visage dans l'ombre.

« Pour être honnête, mes études sont au point mort. Je ne vais plus en cours », dit Markus.

Le soleil avait percé les nuages et l'éblouissait, de sorte qu'il ne distinguait plus nettement la silhouette de Selma Bruhns. Il lui semblait cependant qu'elle l'observait à travers les branches inclinées, ce qui le mettait mal à l'aise en lui donnant l'impression de comparaître devant une commission chargée de découvrir ses fautes et ses défaillances.

« Il faudra bien que vous ayez un métier.

— Je veux être écrivain », répondit-il.

Contrairement à ce qui se passait d'ordinaire quand il avouait ce désir qu'il considérait en lui-même comme une ambition démesurée, il ne rougit pas.

Elle sortit de l'ombre des branches et se dirigea vers sa maison. Il aurait dû se retourner pour la regarder, mais il resta immobile.

Dans la rue, alors qu'il voulait ranger de nouveau le bidon d'essence dans son coffre, il avait vu s'approcher sur le trottoir une femme tenant en laisse un chien bas sur pattes qui avançait en se dandinant. Le chien s'était arrêté juste à la hauteur de Markus et avait levé la patte sur l'arbre près duquel il était garé. La femme lui adressa la parole. Peut-être avait-elle rapetissé avec l'âge, elle était courbée en avant dans son manteau d'été en étoffe légère et des mèches grises s'échappaient de son chapeau. Sa main décharnée agrippait fermement la laisse sur laquelle le chien commençait à tirer.

« C'est un carlin », dit la femme.

Elle croyait peut-être vraiment l'intéresser par cette information, car il fixait le petit chien d'un air ahuri, mais il s'agissait sans doute plutôt d'un prétexte pour l'aborder sans en avoir l'air, et ses regards curieux devancèrent la question qu'elle s'apprêtait à lui poser.

« Est-ce que je ne vous ai pas vu sortir de la maison de Selma Bruhns ?

— Effectivement.

— C'est extraordinaire, s'exclama-t-elle en continuant de contempler la villa de Selma Bruhns et en luttant d'un air irrité contre le carlin qui tirait de nouveau sur la laisse. Êtes-vous un parent de Selma ? »

Elle appelait Mme Bruhns par son prénom comme si elle l'avait connue toute sa vie, et son ton révélait une telle familiarité que Markus eut le courage de demander à la femme si elle était une proche de Selma Bruhns.

« Elle ne m'adresse plus la parole, Selma. Elle m'a fermé sa maison. Depuis son retour, et il y a maintenant des années qu'elle est revenue, elle ne me parle plus. Le fourgon de déménagement s'est arrêté, on a transporté des meubles dans la villa, le fourgon est reparti, et moi je regardais Selma, j'étais tellement émue quand elle est venue fermer le portail. Elle m'a vue, je sais qu'elle m'a vue – mais pas un regard, pas un mot, elle a verrouillé le portail, est rentrée dans la maison et n'en est plus sortie depuis. »

La femme s'interrompit et regarda Markus : « Comment se fait-il que Selma vous laisse entrer ?

— Je travaille pour elle.

— Vous devez penser que je ne suis qu'une vieille indiscrète, mais peut-être pouvez-vous comprendre ce que Selma représente pour moi. Chaque fois que je longe ce mur j'y repense avec un pincement de cœur, car nous étions inséparables, Selma et moi, nous étions amies au temps où nous étions jeunes, très jeunes. Pour être franche, nous étions de bien sottes créatures. De petites jeunettes, comme on disait à l'époque. Selma et moi, et aussi Almut, bien sûr, nous étions toutes trois la terreur du voisinage. »

Le flot d'éloquence de la vieille dame se tarit brusquement. Elle fixa Markus en semblant réaliser soudain qu'elle était en train de parler à un étranger.

« Excusez-moi », dit-elle.

Elle allait repartir, le chien la tirait en avant, mais Markus lança précipitamment, comme s'il s'agissait d'une occasion qui ne se représenterait jamais : « Quand avez-vous parlé pour la dernière fois à Mme Bruhns ?

— Avant la guerre », répondit-elle.

Elle se retourna de nouveau vers Markus : « Ne lui dites rien. Il dure depuis trop longtemps, ce silence, j'en ai pris mon parti il y a belle lurette. Selma a toujours très bien su ce qu'elle faisait. Elle doit avoir ses raisons. »

Elle s'était éloignée définitivement à la suite de son chien. Markus avait jeté dans le coffre le bidon qu'il tenait encore à la main et verrouillé de nouveau la voiture.

« Un écrivain a besoin d'avoir du succès ou beaucoup d'argent, sans quoi il n'a pas de temps pour écrire », dit Selma Bruhns qui avait resurgi derrière le banc sur lequel Markus était assis.

Il se sentit incapable de se tourner vers elle et préféra se lever. L'herbe était molle sous les semelles de ses chaussures.

Il respira avec soulagement et déclara : « J'aurai les deux. Le succès et l'argent. »

Comme effrayé par ses propres paroles, il regarda Selma Bruhns et la vit lever le bras pour s'essuyer le front, en un geste si plein d'aisance et de légèreté que Markus crut retrouver la jeune fille dont avait parlé la femme au carlin.

« Il a laissé ouverte la porte de la maison », dit Vorberg.

Assis très droit sur sa chaise, Markus regarde fixement la fenêtre en plissant les yeux, de sorte qu'il ne distingue guère qu'un rectangle lumineux. Le voisin de Selma Bruhns s'est tourné vers la femme qui tapote avec son crayon sur le bureau.

« Il n'a pas fermé la porte, reprend le voisin en tournant maintenant le dos à Berger qui reste absolument silencieux dans son coin. Il a descendu quatre à quatre les marches du perron et il a traversé le jardin en courant. Il s'est mis à pleuvoir avant qu'il ait eu le temps de rejoindre la rue. Une averse très violente. Il s'est protégé la tête avec une mallette et s'est précipité vers sa voiture. Il est monté dedans et est parti, en laissant également le portail ouvert. »

Bien qu'il semble comme le commissaire avoir perdu tout intérêt pour ce qui se dit dans cette pièce, Markus a tout entendu. Il détourne les yeux de la fenêtre et regarde fugitivement la petite silhouette recroquevillée de Berger. Avait-il vraiment laissé ouverte la porte de la maison ? S'était-il effectivement protégé la tête avec la mallette ? Il se tourne vers Vorberg mais celui-ci ne répond pas à son regard et continue de fixer la femme d'un air presque implorant – il semble douter que Berger n'intervienne et détruise par ses questions imprévisibles la paix qu'elle a obtenue avec tant de peine.

« Cela vous a paru suffisant pour appeler la police, dit-elle en se carrant dans son siège après avoir jeté à son tour un coup d'œil sur Berger.

— Pas tout de suite, bien sûr. J'ai attendu.
— Quoi donc ?
— Je voulais voir si Mme Bruhns allait fermer la porte. La lumière du vestibule éclairait les marches du perron. J'ai vu plusieurs chats

sortir de la maison, mais Mme Bruhns ne s'est pas manifestée. La porte est restée ouverte.

— Vous auriez pu aller voir.

— C'est facile à dire.

— Vous avez préféré avertir la police.

— Oui, confirme Vorberg du ton soulagé d'un homme qui a enfin trouvé le point final d'une histoire compliquée.

— C'était cette mallette ? »

Berger a sauté sur ses pieds et s'approche du bureau en trottinant. Il se penche derrière et brandit une mallette qu'il pose sur la table devant l'homme, en la déverrouillant mais sans l'ouvrir.

« Oui, ça y ressemblait. »

Vorberg et Markus regardent le commissaire qui retourne à son siège, le rapproche de la table et s'assied d'un bond. Il pose ses mains à plat sur son bureau, comme pour leur signifier qu'il en a repris possession et qu'ils doivent de nouveau compter avec lui.

« Mais évidemment, il existe beaucoup de mallettes de ce genre. Elles se ressemblent toutes. Je ne peux pas affirmer que c'était cette mallette que M. Hauser tenait hier soir au-dessus de sa tête pour se protéger de l'averse. »

Markus a tressailli en entendant cet homme prononcer si naturellement son nom, comme s'il lui était depuis longtemps familier. Il a envie de lui interdire de l'appeler ainsi par son nom.

« Ouvrez-la », dit Berger.

Vorberg est obligé de le regarder de nouveau, maintenant qu'il s'adresse à lui directement et même lui donne un ordre. Sans réagir, il regarde le commissaire d'un air ahuri, comme s'il avait bien entendu ses paroles mais n'arrivait pas à comprendre en quoi elles le concernaient.

« Ouvrez-la, répète Berger.

— Et puis quoi encore ! » lance l'homme qui semble soudain comprendre qu'il est question de lui.

Il se lève et se dirige vers la porte à reculons.

« De quel droit me traitez-vous ainsi ? Qu'est-ce que je vous ai fait ? Je suis venu faire une déposition, je ne m'attendais pas à être considéré comme un criminel. »

Il a atteint la porte et s'interrompt pour chercher à tâtons la poignée.

« Ouvrez-la, ordonne Berger pour la troisième fois.

— Non ! »

Cette fois, Vorberg a crié. Markus ne peut plus supporter ce combat entre les deux hommes, auquel il ne comprend rien bien qu'il ait le sentiment qu'il devrait le comprendre puisqu'il semble le concerner au premier chef. Il se lève, s'approche du bureau et soulève le couvercle de la mallette. Elle est remplie de billets de banque.

« Vous pouvez disposer », lance Berger à Vorberg.

L'homme regarde successivement le commissaire, la femme puis Markus. Il sort en refermant la porte dans son dos.

La collègue de Berger se lève.

« Reste donc, Margret », dit Berger d'une voix pleine de confiance et d'amitié.

Cependant la femme qu'il appelle si familièrement par son prénom en présence de Markus se dirige comme Vorberg vers la porte et assure : « Tu sais où tu peux me trouver. »

Et elle sort en laissant Markus seul avec le commissaire.

Le troisième jour

Markus ne se réveilla pas. À sept heures, quand le réveil sonna, il appuya à tâtons sur le bouton de l'alarme, à moitié endormi, et sombra de nouveau.

Christine entra dans la chambre. Il ne s'aperçut de sa présence que lorsqu'elle s'assit sur le lit et posa la main sur son front. Cependant il n'aurait su dire si elle était vraiment assise près de lui, ou n'était qu'un élément de ses rêves.

« Markus, dit-elle, tu ne veux pas te lever ? »

Bien qu'il eût entendu ses paroles, il ne répondit pas. Il n'avait pas la force de remuer les lèvres. Il voulait dire quelque chose, l'appeler à l'aide, peut-être, quand il entendit les bêtes approcher à toute allure. Il ne perçut d'abord que le tumulte de leurs pattes sur le plancher, puis il entendit leurs cris avant même de les voir. Leur puanteur le suffoqua. Il s'empara d'instinct de la main de Christine – il pouvait de nouveau bouger. Lorsque les bêtes furent si proches qu'il sentit leurs pattes sur son corps, il ouvrit les yeux.

« C'est bon que tu sois là, Christine », dit-il d'une voix parfaitement calme.

Il se redressa et attrapa le paquet de cigarettes sur la table de nuit. Pendant qu'il fumait, Christine resta près de lui, glissa sa main sous le drap et caressa son sexe.

« Cette femme t'attend-elle ? » demanda-t-elle.

Markus ne put déceler dans sa voix aucune trace de curiosité ou de jalousie, mais simplement l'intérêt paisible qu'elle semblait lui porter depuis le début et dont il ne savait dans quelle mesure il était sérieux. Christine retira sa main et se leva. Elle se dirigea vers le bureau placé devant la fenêtre et saisit un rouleau de papiers jaunis retenus par un élastique. Sans défaire l'élastique, elle porta le rouleau à son nez et le renifla.

« Tu l'as ramené de là-bas ? demanda-t-elle en le reposant comme si elle ne s'y intéressait pas suffisamment pour le tenir plus longtemps dans sa main.

— Ce sont des lettres. Je les ai volées dans les caisses », dit Markus.

Il écrasa sa cigarette dans le cendrier et repoussa le drap. La chambre était chaude, mais il frissonnait quand il se leva.

« Pourquoi as-tu fait ça ? »

Comme toujours lorsqu'elle lui posait des questions, Markus n'était pas sûr qu'elle attende vraiment une réponse. Il eut envie de la serrer dans ses bras, mais préféra s'abstenir.

« Je voulais mettre les lettres en sûreté », dit-il.

Il la contourna et sortit de la chambre. Elle le suivit dans la cuisine.

« Je voudrais te parler, dit-elle, mais je n'ai plus le temps.

— De quoi veux-tu me parler ? » demanda Markus en se versant le café que Christine lui avait préparé.

Il s'assit devant la table et alluma sa deuxième cigarette.

« C'est à propos de cette femme. J'ai le sentiment que tu t'éloignes quand tu vas chez elle. Il me semble alors que tu n'es plus ici, dans cette ville, à proximité, mais que tu te trouves pour ainsi dire dans un pays étranger. »

Elle prononça ces deux derniers mots d'une voix hésitante – elle semblait ne pas savoir s'ils convenaient vraiment.

« Je reviendrai ce soir, dit-il. Je n'en ai plus pour longtemps avec ce travail.

— Combien de temps ?

— Deux, trois jours. »

Le cinquième jour, Selma Bruhns l'avait emmené pour la première fois dans sa chambre et avait sorti de la poche de sa robe un jeu de cartes usé – un étui en carton fermé par une languette, arborant la publicité d'une marque de bière. En sortant de chez elle, le soir, Markus s'était rendu chez Rufus.

« As-tu un jeu de cartes ? demanda-t-il. N'importe lequel fera l'affaire. »

Rufus était toujours affublé de son uniforme de cuir – un pantalon étroit et un blouson à franges, noirs l'un comme l'autre – et n'avait pas perdu son habitude d'éclater brusquement de rire. Sans poser de questions, il avait placé les cartes sur la table.

« Tire une carte », avait ordonné Markus.

Rufus tira un dix. Markus tira à son tour une carte : un valet.

« La première manche est pour moi. Tire une autre carte, maintenant. »

Rufus tira une dame, Markus un huit.

« La dernière carte décidera », dit Markus.

Il tira de nouveau un valet. Rufus prit la carte au sommet du tas : un roi.

« Tu as gagné », déclara Markus.

Rufus éclata de son rire strident et lança : « Tu es devenu cinglé ? »

Il ajouta en s'asseyant dans le fauteuil : « J'ai gagné. Et alors ? »

Saisissant sa canette de bière posée par terre il proposa : « Je vais te lire le poème que j'ai écrit hier soir. »

Markus s'était assis sur le tapis et l'avait écouté. Puis il était rentré chez lui.

Berger a quitté le bureau dont il venait à peine de reprendre possession. Il s'est levé d'un bond et a contourné la table en refermant au passage le couvercle de la mallette, sans la verrouiller. Comme il se dirigeait vers la porte Markus s'est demandé s'il allait de nouveau le laisser seul, mais le commissaire s'est arrêté devant l'armoire, d'où il a sorti une veste sur un cintre. La veste sur le bras, il s'est tourné vers lui.

D'un ton dont Markus ne sait s'il est bienveillant, indifférent ou hostile – sa colère semble apaisée, en tout cas –, il lance : « Venez avec moi, monsieur Hauser. »

Markus se lève et sort devant lui. Il s'attend à voir Margret dans l'antichambre, mais sa place est vide.

« Nous avons trouvé dans votre appartement non seulement la mallette de billets de banques mais aussi plusieurs lettres appartenant à Selma Bruhns », dit Berger.

Ils longent le couloir jusqu'à l'ascenseur. Le commissaire appuie sur le bouton d'appel et ils attendent côte à côte.

« Pourquoi avez-vous emporté ces lettres ? »

Un autre policier les a rejoints en saluant Berger d'un signe de tête, de sorte que Markus ne répond pas. La porte s'ouvre et ils pénètrent dans la cabine illuminée. Ils descendent.

Au troisième étage, l'homme les quitte et ils se retrouvent seuls.

« Je voulais mettre les lettres en sûreté, dit Markus.

— Expliquez-moi ça. »

L'ascenseur s'arrête en douceur au rez-de-chaussée, la porte s'ouvre mollement et ils sortent de la cabine.

« Chaque fois que j'avais classé une pile de lettres, Selma Bruhns venait les chercher. »

Ils pénètrent dans le hall, où des baies donnant sur la rue laissent entrer la lumière à flots. Berger avance en trottinant à vive allure, et Markus essaie vainement d'accorder son pas à celui du commissaire.

« Que faisait Selma Bruhns avec ces lettres ? » demande Berger.

Le soir du quatrième jour, Markus avait fini de vider la seconde caisse. Sur le plancher du cagibi s'amoncelaient les feuillets couverts de cette écriture qui lui était devenue familière. En regardant une nouvelle fois au fond de la caisse afin de s'assurer qu'il n'avait oublié aucune lettre, il remarqua un rectangle clair, luisant faiblement sur le carton brunâtre tapissant le fond des caisses. Il se pencha pour ramasser ce morceau de papier, qui ne faisait manifestement pas partie des lettres.

Il se redressa et retourna la feuille lisse et flexible au toucher : les yeux d'une jeune fille étaient fixés sur lui.

Il s'adossa au mur du cagibi et observa la photo à la lumière de l'ampoule, dans l'espoir de mieux distinguer les détails et de découvrir ainsi qui était cette jeune fille dont le regard, maintenant qu'il la voyait en pleine lumière, lui parut briller d'un éclat ironique, comme si elle se moquait de celui qui la contemplait. Le corsage qu'elle portait, sa coiffure, la chaîne presque invisible à laquelle pendait une breloque, les boucles d'oreilles à moitié cachées sous les cheveux, tout cela évoquait un passé révolu, mais le visage était si vivant que Markus avait l'impression de l'avoir déjà vu, dans un café, au cinéma, dans la rue. Il inclina légèrement le cliché, qui apparut sous un éclairage différent, et d'un seul coup il la reconnut : Selma Bruhns. Peut-être était-ce la Selma dont cette femme avait parlé à Markus lorsqu'il était allé ranger le bidon d'essence dans sa voiture...

Il sursauta en entendant sa voix, car il ne l'avait pas entendue venir. La photo lui échappa et tomba par terre.

« Qu'est-ce que vous tenez là ? » demanda Selma Bruhns.

Sa voix n'était plus indifférente mais furieuse. On avait dit que Markus s'était emparé d'un objet interdit, avait vu quelque chose qui aurait dû rester caché à ses yeux.

Quand elle venait chercher les piles classées par Markus, elle n'entrait jamais dans le cagibi mais attendait à l'extérieur qu'il lui apporte les lettres. Cette fois, elle ne resta pas sur le seuil. En deux pas, elle était près de Markus. Elle se pencha et ramassa la photo. Lorsqu'elle la retourna et la regarda, son visage changea d'expression. Markus en était sûr : pendant un moment, son visage avait eu l'air aussi jeune que celui de la jeune fille de la photographie.

« C'est une photo de vous, dit-il.

— Non. »

Elle laissa retomber la photo. Elle se dirigea lentement vers la porte, se retourna sur le seuil pour lui parler encore, et Markus crut reconnaître dans son regard l'éclat moqueur des yeux que la jeune fille fixait sur l'objectif.

« Nous étions deux. »

Selma Bruhns était sortie du cagibi.

Chère Almut,

On croirait que le bateau sait que je voudrais qu'une vague le submerge et l'entraîne dans les profondeurs que je sens sous mes pieds quand je marche sur le pont et me cramponne au bastingage. Il lutte contre les vagues, pique du nez, se redresse et reprend son combat. Je ne sais où je me trouve, si loin de toi. J'ai quitté tous les rivages parce qu'il le faut, parce que je suis en fuite.

Dans la salle à manger, sous les lustres dont les cristaux tintent et réfractent la lumière, je suis assise à côté de l'Anglais. Je ne connais que son prénom : Harry, comme s'il le portait déjà avant d'être venu au monde. Il me fait rire. Il parle de la paix, de l'école où il prétend ne rien avoir appris en dehors de la passion des livres. Il en a toujours un avec lui, et il tient absolument à me faire la lecture. J'écoute sa voix qui paraît si jeune, comme celle d'un garçon de seize ans qui lirait des passages de la Thora, et pendant ce temps le vent se déchaîne contre les hublots. Je ne suis pas encore partie, Almut. Je traverse toujours le jardin en direction du portail, je marche sur les dalles dont le dessin – ces fragments noirs et bruns, semblables à des continents sur une carte du monde – m'est familier depuis l'époque où nous allions ensemble à l'école, nos cartables dansant sur nos dos tandis que nous courions pour ne pas être en retard. Nous avons souvent été en retard, Almut. Harry dit que le Brésil est le pays des serpents suspendus aux branches des arbres s'inclinant sur les eaux de l'Amazone, où de petits poissons guettent leur butin de chair humaine tombé des canonnières qui redescendent le fleuve en tanguant.

Au moment où le bateau s'est éloigné du quai, il m'a semblé que je devais encore te dire quelque chose qui n'avait jamais été exprimé entre nous, mais maintenant, en t'écrivant assise à la table étroite de ma cabine, je ne me rappelle plus ce dont il s'agit, comme s'il y avait un trou noir dans ma mémoire. La mer se calme, les vagues bercent le bateau qui s'avance à l'aveuglette, somnolent, escorté d'oiseaux marins dont les cris sont ce que j'ai entendu de plus vivant depuis que j'ai commencé ce voyage. Naturellement, Harry a essayé de m'embrasser. Nous étions sous la passerelle, à l'abri du vent, et l'air qui est devenu si doux, nimbé de soleil, nous protégeait comme une cuirasse tiède et tendre tandis qu'il m'enlaçait. Je ne me suis pas défendue, mais Harry a senti l'indifférence qui s'attache à moi comme une lèpre. Il a retiré son bras et a déclaré que nous arriverions au Brésil dans deux jours.

Nous étions au café et tu buvais un cognac. Tu l'avais versé dans ta tasse de café, comme à ton habitude. Tu étais assise en face de moi, à la table ronde, près de la fenêtre. Nous étions plongées dans la pénombre car si dans le café les lampes étaient déjà allumées, sur la place la lumière du jour déclinait encore lentement. Tu as dit : Quand nous nous reverrons, les jours seront plus courts.

Les parois de la cabine sont revêtues de bois rouge sombre, dont la veinure dessine tout autour de moi des signes entrelacés – j'essaie de deviner leur sens quand je suis couchée. La table à laquelle je suis assise est recouverte d'un morceau de cuir brun fixé avec des clous dorés. J'ai devant moi le bloc-correspondance que j'ai pris dans le bureau où Père mettait de côté tout un attirail d'écrivain – tu te souviens, Almut –, lui qui s'est refusé toute sa vie à écrire une lettre. Sous le hublot dont la vitre doit résister aux assauts des flots, je vois le dessin d'un bateau à la voile bordée de traits fins et à la coque noire se détachant sur l'eau bleu clair, qui paraît transparente. Je crois voir les méduses se balançant sous la surface, et le vent gonflant la voile emporte irrésistiblement le bateau loin de moi. Je me dis qu'il est en route vers toi, porteur d'un message illisible, d'une lettre à l'encre effacée, trempée par la mousson. Quand nous nous reverrons, les jours seront plus courts.

Harry prétend que nous laissons derrière nous non seulement un pays, les êtres qui nous sont proches, mais aussi nos mots, ceux que nous avons dits et ceux que nous avons entendus.

On frappe à la porte de la cabine, Almut.

Les deux jours précédents, il était nettement plus tôt quand Markusavait garé sa voiture sous les châtaigniers. Il saisit son cartable sur le siège arrière, verrouilla la porte et traversa le jardin sans se presser, malgré l'impression de ratage qui l'habitait chaque fois qu'il était en retard. La porte de la maison était fermée à clef. Comme il ne trouvait pas la sonnette, il frappa et attendit. Il observa deux chats qui rôdaient dans les orties, en se suivant de près.

L'un d'eux avait un pelage tigré brun roux, l'autre était complètement noir en dehors d'une tache blanche en forme de cœur sur la poitrine. La bête noire monta sur la femelle en mordant sa nuque pour assurer sa prise. La chatte rousse cria jusqu'à ce que le mâle la lâche, s'éloigne en quelques bonds et disparaisse dans les broussailles.

Selma Bruhns ouvrit la porte et lança : « Je ne vous attendais plus, monsieur Hauser. »

Markus murmura une excuse en se demandant si sa voix avait trahi l'ombre d'un regret ou l'irritation de le voir si léger, mais il lui sembla qu'elle avait parlé avec la froideur immuable et indifférente qu'elle lui témoignait depuis le premier jour. Dans le vestibule, il voulut entrer sur-le-champ dans son cagibi afin de se mettre au travail et de tenter de rattraper le temps perdu, cependant il se produisit un événement inattendu. Elle posa la main sur son bras.

« Attendez. »

Markus, qui s'apprêtait déjà à lui tourner le dos, s'immobilisa. Il n'osait pas bouger, comme s'il craignait de se dégager de cette main.

« Venez. »

Comme toujours, elle n'attendit pas sa réponse. Elle le précéda dans le couloir menant à la cuisine – elle avait retiré sa main au bout de quelques secondes. Il la suivit, encore décontenancé par ce contact fugitif. En arrivant dans l'antichambre, il sentit malgré la puanteur des bêtes l'arôme du café frais. Elle entra dans la cuisine où, du fait des fenêtres condamnées, la lumière électrique était allumée.

« Asseyez-vous. »

Sur la table, elle avait disposé pour Markus une assiette, une tasse sur une soucoupe, un couteau. Le beurre se trouvait encore dans son emballage argenté. Une corbeille abritait deux petits pains, un pot de confiture de prunes était placé près du coquetier. L'œuf était encore chaud quand Markus le toucha.

Il hésita à s'asseoir à la table que Selma Bruhns avait préparée à son intention, comme si sa sollicitude l'effrayait, peut-être parce qu'il s'y attendait aussi peu qu'au contact de sa main sur son bras. Il avait le sentiment de devoir dire quelque chose, mais il n'y parvenait pas. Il tira enfin la chaise et articula « merci » en s'asseyant, mais quand il leva les yeux Selma Bruhns avait déjà quitté la cuisine et il ne savait si elle l'avait entendu.

« Que faisait Selma Bruhns des lettres, après que vous les aviez classées ? »

Berger et Markus ont franchi la grille du parking devant la préfecture de police, lequel est entouré d'une haute clôture renforcée de barbelés. Markus marche deux pas en arrière, comme s'il voulait profiter de l'occasion pour s'esquiver dans le dos du commissaire.

« Elle les portait dans la cour et les brûlait. »
Berger s'arrête à côté d'une petite voiture.
« Vous voulez dire que Mme Bruhns vous payait pour classer les lettres par ordre chronologique dans le but de les brûler ensuite dans la cour ?
— Oui. »
Markus l'a rejoint près de la voiture et se dirige tout naturellement du côté du passager. Berger s'assied au volant et se penche pour lui ouvrir la portière.
« Montez », dit-il à Markus qui n'a toujours pas demandé où le commissaire voulait l'emmener.

Markus referme la portière, Berger démarre et roule vers la sortie du parking.

« Je l'ai suivie en cachette, c'est ainsi que je l'ai vue faire », lance Markus non pour se justifier mais pour donner à Berger une chance d'imaginer la scène.

À l'étroit dans la voiture où il est assis tout près de cet homme qu'il ne connaissait pas la veille et auquel il ne peut échapper, qu'il le veuille ou non, Markus est bientôt en sueur. Pour pouvoir atteindre les pédales avec ses courtes jambes, Berger est obligé de se pencher sur le volant, le visage à quelques centimètres du pare-brise. Il donne de brusques coups de frein, ralentit par moments alors que la circulation est parfaitement fluide puis se lance dans des dépassements audacieux. Ils n'échangent plus un mot, comme s'il fallait que Berger se concentre afin d'arriver à destination. Ils traversent la place du marché, parcourent des ruelles exiguës et s'arrêtent enfin devant un hôtel particulier coincé entre les autres maisons de la rue et nanti d'un étroit escalier permettant de monter jusqu'à l'entrée surélevée. Après deux tentatives infructueuses, Berger parvient à se garer dans le parking voisin. Les yeux fixés sur le profil du commissaire, dont il observe le nez bref, la bouche mince, les veines saillant sur la tempe, Markus attend avec patience de pouvoir enfin descendre.

Berger reste assis derrière le volant et laisse retomber ses mains sur ses genoux il semble que cette course à travers la ville l'ait épuisé. Markus peut l'examiner tout à son aise, sans curiosité mais avec le désir peut-être de découvrir ce que cet homme entend faire de lui. Il ne craint pas d'être surpris en flagrant délit d'indiscrétion, car le commissaire a renversé sa tête en arrière et fixe le plafond.

« Descendez », commande Berger.

Markus, qui ne s'attendait plus à se voir adresser la parole, se détourne de son compagnon et regarde la rue à travers le pare-brise.

Il voit un homme sortir deux jardinières d'un break, les poser sur le trottoir pour refermer la porte arrière de son véhicule puis en porter une sur l'escalier menant à la porte ouverte d'une maison.

Markus était accroupi dans le cagibi sans fenêtre, au milieu des piles de lettres qu'il avait classées pour que Selma Bruhns aille les brûler dans la cour.

J'étais allée sur la plage, m'étais assise sur un banc où Herbert avait pris place à côté de moi. La rumeur des vagues déferlant sur le sable se mêlait au son des mots qu'il me disait et que je ne comprenais pas, parce que je n'écoutais pas, peut-être, ou parce qu'ils s'évanouissaient sans avoir eu le temps de me toucher.

En ouvrant son cartable, qu'il avait appuyé contre une des caisses, il découvrit que Christine y avait glissé un sandwich emballé dans une feuille d'aluminium, comme le jour précédent. Il s'en empara, sortit du cagibi et traversa le vestibule jusqu'à la porte d'entrée. Il n'avait plus revu Selma Bruhns depuis qu'elle l'avait mené dans la cuisine pour le quitter presque aussitôt après. Il s'avança sur les dalles traversant le jardin devant la maison et s'assit dans l'herbe, adossé à un des piliers du portail.

Tout en mangeant – il n'avait pas osé lui demander un verre d'eau ou aller en chercher un lui-même à la cuisine –, il malaxa dans sa main la feuille d'aluminium de façon à obtenir une boule compacte. Il contemplait la villa, comme s'il s'attendait à voir la porte d'entrée ou une fenêtre s'ouvrir, comme si elle allait s'avancer devant la maison ou apparaître après avoir tiré des rideaux. Derrière lui, des voitures passaient dans la rue. Quand il eut fini son sandwich, il se leva et franchit le portail.

Il s'avança vers la cabine téléphonique en sortant de la poche de sa veste le portemonnaie où il conservait sa carte de téléphone. L'appareil était intact et indiquait qu'il restait un crédit de quatre marks sur la carte. Après avoir composé le numéro de l'étude où travaillait Christine et demandé à la standardiste de la lui passer, il eut peur soudain qu'elle n'eût quitté le bureau sans dire quand elle reviendrait.

Je regardais la ligne d'horizon qu'un ruban de brume blanchâtre séparait du ciel, et je dus résister à l'impulsion de me lever, de laisser là Herbert et de tourner le dos à l'horizon.

« Markus. Où es-tu ? »

En entendant sa voix, il ressentit un tel soulagement qu'il fut incapable de répondre, de sorte que Christine répéta son nom.

Après leur conversation, où il avait l'impression de n'avoir dit que des futilités, il était retourné chez Selma Bruhns. Au moment de pénétrer dans le jardin, il vit s'arrêter devant le portail une camionnette de livraison qu'il n'avait pas entendue approcher. Un homme en descendit et fit coulisser le panneau arrière du véhicule, qui arborait le nom d'un magasin spécialisé dans l'alimentation pour chiens et chats. Markus observa l'homme, qui sortit un diable de la camionnette, le posa sur le trottoir et entreprit d'y empiler des caisses.

« J'ai trouvé le sandwich que tu as mis dans mon sac, avait dit Markus en ouvrant la porte et en coinçant son pied dans l'entrebâillement car la chaleur dans la cabine était étouffante.

— Tu l'as mangé ? »

La voix de Christine était affaiblie, métallique, et il se demanda si sa propre voix lui parvenait ainsi déformée, presque étrangère.

« Je suis allé au jardin, je me suis assis dans l'herbe en m'adossant à un pilier et j'ai mangé le sandwich », avait-il répondu.

Malgré la déformation de la voix de Christine, il avait senti qu'elle changeait de ton en demandant ensuite : « Elle était avec toi ?

— Non, j'étais seul, avait-il assuré. Mais aujourd'hui, elle m'a préparé un petit déjeuner dans la cuisine. »

Christine n'avait pas répondu tout de suite, pendant un moment il n'avait plus entendu qu'un léger grésillement, de sorte qu'il avait pressé l'écouteur contre son oreille.

Puis sa voix lui parvint de nouveau : « Que te veut cette femme ?

— Peut-être désirait-elle simplement se montrer gentille, avait dit Markus en essayant de sortir de la cabine dans la mesure où la longueur du fil le lui permettait.

— Est-elle gentille ? »

Markus avait tenté d'imaginer la pièce où Christine était assise et lui posait des questions auxquelles il était incapable de répondre.

« Que vois-tu, quand tu regardes par la fenêtre de ton bureau ?

— Je vois la rue, avait-elle répondu sans hésiter. En face de moi, il y a une épicerie turque. Des gens se sont arrêtés et choisissent des tomates. Un salon de coiffure est installé à côté. Derrière la vitrine, j'aperçois les clientes assises sous les casques. Il faut que je raccroche, Markus. »

Markus est immobile sur le trottoir et regarde Berger descendre de la voiture, verrouiller la portière et se diriger vers l'escalier de l'hôtel particulier, sans accorder un coup d'œil à son compagnon ni lui faire signe de le suivre. Agrippé à la rampe, le petit homme monte pesamment les marches, et il ne se retourne qu'une fois arrivé devant l'entrée, sur la terrasse entourée d'une grille. Il regarde Markus en silence et n'esquisse toujours aucun geste pour l'inviter à le suivre. Markus doit résister à l'envie de se détourner et de redescendre la rue, dont il sait qu'elle aboutit à la place du marché, sur laquelle donne le café où il s'est si souvent assis avec Rufus. Avant de se diriger vers l'escalier et de gravir à son tour les marches, il lui faut surmonter sa répugnance à suivre cet homme.

« Avez-vous compté l'argent qui se trouve dans la mallette ? » demande Berger en appuyant sur la sonnette que Markus entend retentir à l'intérieur de la maison.

Avant que Markus ait eu le temps de répondre, une femme ouvre la porte et leur jette un regard dénué aussi bien de curiosité que d'intérêt. Elle est vêtue d'un tailleur gris et ses cheveux, gris également, sont noués en un chignon austère sur sa nuque.

« M. Glowna vous attend », dit la femme à Berger, qu'elle semble connaître.

Elle s'écarte et le commissaire entre dans le vestibule sans un mot de salut, en lançant à Markus, comme si cette fois c'était nécessaire : « Suivez-moi. »

Berger passe devant la femme silencieuse et se dirige vers une porte, qu'il ouvre. Bien qu'il distingue à peine la femme dans la pénombre et ne puisse deviner où ses yeux sont tournés, Markus a l'impression qu'elle l'observe. Il emboîte le pas au commissaire et pénètre à sa suite dans la pièce.

« Fermez la porte », dit Berger qui s'est assis dans un des deux fauteuils faisant face au bureau.

Ses chaussures touchent à peine le tapis, dont les bords sont enroulés. À travers les deux fenêtres étroites, Markus aperçoit la rue. L'homme qui a transporté les deux jardinières dans une maison, à quelque distance de là, est maintenant occupé à asperger le pare-brise de sa voiture avec l'eau d'une bouteille en plastique et à l'essuyer avec des mouchoirs en papier.

« Avez-vous compté l'argent qui se trouve dans la mallette ? » insiste Berger comme s'il n'oubliait jamais une question avant d'avoir obtenu une réponse.

Markus observe l'homme, qui est passé au nettoyage du châssis, quand il entend la porte s'ouvrir dans son dos. Il se retourne et voit la femme qui reste sur le seuil et lance sans élever la voix : «M. Glowna vous prie de patienter un moment. »

Berger répond d'un ton sec qui surprend Markus : « Laissez-nous seuls », et la femme se retire sans un mot.

« Non, je n'ai pas compté l'argent », répond Markus.

Pour la première fois depuis qu'il est entré dans cette pièce, il regarde en face le commissaire, qui soutient son regard.

« Elle m'a dit à combien s'élevait la somme. Elle m'a dit que cela faisait cent vingt mille marks. »

Markus s'écarte de la fenêtre et contourne le fauteuil de Berger pour gagner le fond de la pièce, dont le mur est couvert jusqu'au plafond de rayonnages remplis de livres. Il est maintenant derrière le commissaire. Le sentiment d'impuissance qu'il essaie de combattre depuis l'instant où il a pénétré dans le bureau de Berger s'impose à lui avec tant de force que seule la crainte de rencontrer la femme dans le couloir l'empêche de quitter la pièce.

« Cent vingt-cinq mille marks, pour être précis, dit le commissaire. Je les ai fait compter après que nous avons découvert la mallette dans votre appartement. »

Il parle d'une voix si basse que Markus a du mal à comprendre ses paroles.

« Elle m'en a fait cadeau », lance Markus.

Berger ne réplique pas.

L'homme avait transporté les caisses avec le diable jusqu'au perron, devant lequel il les avait empilées, et était retourné à sa camionnette en poussant devant lui le chariot vide. Il avait fait ainsi trois trajets, puis il avait entrepris de porter les caisses à l'intérieur de la maison. Markus s'était approché des marches du perron et avait attendu le retour de l'homme pour soulever la caisse suivante. Il lui avait demandé s'il voulait de l'aide, et l'homme avait acquiescé de la tête après l'avoir regardé comme s'il ne remarquait que maintenant sa présence.

« Il faut descendre les caisses à la cave », avait-il lancé avant de redescendre le perron. Markus avait ramassé deux caisses mais alors qu'il s'apprêtait à entrer dans la maison, Selma Bruhns était apparue dans l'embrasure de la porte ouverte. Elle ne s'écarta pas pour le laisser passer, de sorte qu'il dut s'immobiliser devant elle.

« Laissez cela, avait-elle dit de sa voix basse et monocorde, sans accentuer un seul mot. Ce n'est pas pour ce travail que je vous paie. »

Il posa les caisses sur les marches et passa à côté d'elle en se pressant contre le montant de la porte pour regagner le cagibi. Il s'accroupit au milieu des piles de lettres encombrant le plancher et se remit au travail. Il déchiffra la date de la première lettre – 3. 8. 43 –, chercha la pile correspondant à l'année mil neuf cent quarante-trois, posa dessus les feuillets, mais au moment de saisir la lettre suivante il s'interrompit soudain, comme s'il prenait conscience pour la première fois qu'en fait il ne comprenait absolument pas ce qu'il faisait. Même s'il sentait que ce travail devait avoir un sens sinon pour lui, du moins peut-être pour elle, il laissa retomber sa main et resta un instant sans bouger. Il se releva et sortit du cagibi. Dans le vestibule, la porte d'entrée était de nouveau fermée. L'homme apportant les aliments pour chats avait achevé sa tâche.

« Madame Bruhns », appela-t-il tout bas, comme s'il se défiait de sa propre voix.

Deux chats dévalèrent l'escalier et frôlèrent ses chaussures – il dut réprimer l'envie de leur donner un coup de pied au passage. Il s'engagea dans le couloir étroit menant à l'antichambre sur laquelle donnaient la cuisine et les pièces de devant, mais elle ne s'y trouvait pas non plus. La cuisine, où il jeta un coup d'œil sans y pénétrer, était elle aussi déserte. Il lui semblait qu'il devaità tout prix trouver Selma Bruhns, mais quand il se rendit compte qu'il ne savait pas ce qu'il voulait lui dire, il abandonna ses recherches. Au lieu de retourner dans le cagibi, cependant, il entra dans la pièce où se trouvait le piano à queue. Il se dirigea sans hésitation vers l'instrument, souleva le couvercle, s'assit sur le tabouret et se mit à jouer le seul morceau qu'il connaissait. Il ne s'arrêta qu'à la fin de la mélodie, puis ôta ses mains des touches et les laissa pendre le long de son corps.

Il finit par se lever, se dirigea vers la porte vitrée donnant sur la terrasse et sortit dans la lumière déclinante de l'après-midi.

Je suis sortie sur le balcon, Almut, et j'ai regardé les toits de la ville. Au-dessus d'eux, la voûte du ciel reflétait la mer lointaine, et moi je vis dans l'entre-deux avec les oiseaux qui tournoient au-dessus de ma tête, proches à me toucher, et poussent des cris légers, comme s'ils avaient un message pour moi.

Markus descendit les marches d'un bond et traversa la prairie dont l'herbe montait jusqu'à ses genoux pour arriver au fond du jardin, d'où on ne voyait plus la villa de Selma Bruhns. En l'apercevant, il s'arrêta net et n'osa plus bouger.

Elle était couchée sous l'érable s'épanouissant devant le mur qui marquait la limite du jardin. L'herbe ne poussait guère sous son ombrage, et la terre près du tronc était nue. Elle gisait sur le dos, les bras étendus le long de son corps. La tête appuyée légèrement contre l'arbre, elle avait les yeux fermés. Comme fasciné par cette vision, Markus resta immobile à la contempler, mais en constatant que sa poitrine se soulevait et retombait doucement, il se sentit soulagé.

« Je peux vous aider ? » demanda-t-il en s'étonnant lui-même que sa voix ne le trahît pas.

Elle ouvrit les yeux mais ne regarda pas en direction de Markus. Sans cligner les yeux, elle contempla le feuillage sombre au-dessus de sa tête.

« Vous m'espionnez ? »

Sa voix était basse, comme toujours, mais ses paroles laissaient percer une moquerie cachée qui donna à Markus le courage de s'accroupir par terre, suffisamment loin d'elle pour avoir le temps de se relever mais assez près pour entendre ce qu'elle disait.

« Non, je ne vous espionne pas. Je vous ai cherchée car je voulais vous dire que je ne reviendrai pas demain.

— Vous reviendrez », dit-elle.

Elle continua de fixer le feuillage, sans changer de position ni accorder le moindre regard à Markus.

« Pourquoi ? demanda-t-il bien qu'il sût qu'elle avait raison.

— Parce que vous êtes revenu aujourd'hui », répondit Selma Bruhns.

Markus se releva. Elle avait de nouveau fermé les yeux. Il observa sa poitrine jusqu'au moment où elle fut soulevée par une houle légère, puis il se détourna et repartit s'enfermer dans le cagibi.

Le quatrième jour

Chère Almut,
Quand je marche dans les rues, j'entends le roulement des tambours se mêler aux cris d'enfants et aux sifflements des perroquets. L'air tremble sur l'asphalte, la lumière resplendit sur les tessons de verre gisant au bord du trottoir, et le vent venu de la mer, chargé de l'odeur des poissons, agite le linge sur les balcons.

Je tente de me persuader que j'ai de la chance ou que je suis heureuse, mais en même temps j'ai l'impression que toutes les phrases où apparaît le mot bonheur s'éloignent de moi à peine je les pense ou les prononce, jusqu'au moment où elles sont si loin que je n'entends plus qu'une rumeur assourdie, assoupissante.

J'ai trouvé dans la vieille ville un petit appartement où je me suis installée, avec des meubles empruntés auxquels l'odeur de leurs propriétaires reste attachée. J'ai proscrit tout tableau aux murs, afin de préserver les images que j'ai emportées avec moi, invisibles, quand je t'ai abandonnée, et qui sont tout ce que je possède.

En quittant le bateau, j'ai senti sous mes pieds le sol étranger, vibrant de chaleur. Le douanier a fouillé mes bagages sans rien trouver dont la valeur justifiât un droit à payer. Je me suis assise au fond du taxi et me suis enfoncée dans la ville qui m'accueillait comme si elle voulait m'engloutir. En pénétrant dans le hall de l'hôtel, à l'ombre des murs couverts de boiseries, j'ai vu un pianiste assis devant son instrument, endormi. Je suis entrée dans la chambre où je devais trouver le sommeil, j'ai ouvert la fenêtre pour chasser l'odeur de la naphtaline, j'ai regardé la rue où les passants avaient l'air si inoffensifs. Et l'espace d'un instant, j'ai cru que j'étais arrivée. Mais après avoir refermé la fenêtre et m'être assise sur l'unique chaise de la chambre, je me retrouvai couchée de nouveau avec toi sous l'érable dont l'ombrage nous servait de refuge quand le soleil d'août incendiait le jardin. Tu t'es mise à compter les feuilles – les problèmes insolubles ne t'ont jamais fait peur –, puis le soir est tombé et nous avons mis à profit la fraîcheur annonçant la nuit pour monter dans l'arbre, jusqu'à la cime s'inclinant dans le vent vers notre maison. Tu as dit qu'être un oiseau était sans doute la deuxième merveille qu'on pouvait souhaiter en ce monde. Je t'ai demandé quelle était la première, et tu as répondu que tu l'ignorais mais que tu l'attendrais avec la même patience que tu mettais à compter les feuilles de l'arbre. Quand on nous a appelées, nous nous sommes tenues tranquilles, le bruit de nos respirations se mêlait aux bruissements des feuilles et aux craquements des branches qui nous abritaient.

Le lendemain matin – je n'aurais pas cru pouvoir dormir cette nuit-là, mais la fatigue me prit par surprise et me fit sombrer dans une inconscience sans rêves –, quand je descendis dans le hall, Herbert m'attendait en bas de l'escalier. Il me donna la main avec un geste guindé d'automate et m'accompagna dans la salle du petit déjeuner où nous nous assîmes l'un en face de l'autre. Nous gardâmes le silence jusqu'au moment où Herbert se mit à me parler dans notre langue, qu'il maniait avec prudence, comme s'il s'agissait d'un objet étranger, plus ou moins dangereux. Il m'expliqua qu'il était chargé de m'assister pendant les premières semaines de mon séjour. Ce fut ainsi qu'il s'exprima, Almut, et je vois une lueur moqueuse s'allumer dans tes yeux.

Les cloisons de l'appartement que j'ai trouvé avec l'aide de Herbert sont si minces que j'entends ma voisine tousser ou se répandre en imprécations à l'adresse de son perroquet, dont les piaillements retentissent à travers la cage d'escalier. Le matin, quand je me réveille, je reste longtemps immobile à fixer le plafond de la chambre où des fissures s'étirent comme les lignes des fleuves sur une carte géographique. Je m'imagine que je navigue sur ces fleuves, en traversant des gorges, des forêts vierges et les étendues plates de la côte jusqu'à la mer. Je quitte alors le bateau et m'avance vers la frontière entre la terre et la mer que les vagues dessinent sur le sable, et mon regard erre sur les flots tandis que je me raidis contre le vent qui menace à tout instant de tourner à la tempête. Je nous vois, Almut, toi et moi nous galopons le long de la plage sur des chevaux dont la robe brun foncé luit sous l'écume étincelante. Tu me précèdes, ta chevelure enserre ta tête comme une toque, j'entends le crépitement des sabots sur le sable encore humide de la dernière marée, le vent vient me l'apporter d'un continent à l'autre, et j'attends que leur rumeur décroisse puis s'évanouisse, ne soit plus en moi qu'un écho affaibli, pour détourner les yeux du plafond, repousser le drap sous lequel j'ai dormi et me lever.

Herbert m'enseigne les rudiments de la langue étrangère quand il vient me voir le soir, après son travail. Il me traite comme une figurine de porcelaine, avec précaution, il marche avec moi dans les rues de la ville, se montre patient quand je me tais, amical quand je l'injurie et timide quand je passe mon bras autour de son épaule, en un geste qui me donne l'impression de le tromper. Je vais l'épouser, Almut.

Glowna porte un costume gris dont le veston comprime son ventre. Les cheveux encadrant son crâne chauve sont coupés court. Ses yeux sont agrandis par les verres de ses lunettes à monture d'acier, dans lesquels se reflète la lumière que la fenêtre déverse dans la pièce. Il enfouit ses mains dans les poches de son veston puis les ressort précipitamment, et elles paraissent lourdes au bout de ses bras maigres. Sa main droite s'orne d'une bague.

Il est entré avec circonspection, comme s'il s'introduisait dans un appartement étranger, en ouvrant et en refermant la porte si doucement que Markus ne s'aperçoit de sa présence qu'en l'entendant parler.

« Je suis désolé de vous avoir fait attendre », dit-il avec une amabilité qui surprend Markus, car il ne s'attendait pas à être bienvenu dans cette maison.

Berger ne s'est pas levé lorsque Glowna est entré, il s'est simplement penché en avant dans son fauteuil pour l'observer tandis qu'il s'avance dans la pièce en se dandinant légèrement.

Arrivé près du bureau, Glowna reste debout et s'appuie d'une main sur la table. Il regarde Markus, qui est toujours derrière le fauteuil du commissaire et ne détourne pas les yeux. L'espace d'un instant, leurs regards forment comme un pont sous lequel disparaît la silhouette tassée de Berger.

« Vous êtes Markus Hauser, dit Glowna. Je suis enchanté de faire votre connaissance. »

Le commissaire se redresse, se pousse en avant pour que ses pieds touchent le sol et se lève en lançant : « Asseyez-vous, Hauser. »

Markus sent le sang lui monter à la tête. Il recule involontairement et son dos heurte les rayonnages. Il tente de restaurer la distance que Berger a anéantie en l'appelant par son simple nom. L'a-t-il fait pour en imposer à Glowna ou pour rabaisser Markus à ses yeux après avoir lui aussi remarqué la cordialité de son ton, qu'il ne voulait pas voir durer ?

« Je reste debout », déclare Markus.

Glowna s'assied confortablement derrière le bureau et demande : « Pouvons-nous en venir au fait, monsieur Berger ? »

Le commissaire, qui est maintenant debout entre Glowna et Markus, fixe toujours ce dernier, qui soutient son regard.

Berger finit par se détourner, se rassied en se renversant dans son fauteuil, de sorte que Markus ne peut plus le voir, et croise les jambes.

D'une voix si basse que Markus a du mal à comprendre, il lance : « Attendons que M. Hauser daigne s'asseoir. Nous en viendrons au fait ensuite. »

Glowna se lève, contourne son bureau et le fauteuil du commissaire, et prend Markus par le bras. Sa main est si légère que Markus la sent à peine et se laisse conduire sans résistance près des chaises placées devant le bureau.

« Je vous assure que ces chaises sont très confortables », dit-il.

Glowna appuie doucement sur l'épaule de Markus, qui s'assied sur la chaise la plus éloignée du fauteuil de Berger.

« Je n'ai vu Selma Bruhns qu'une fois dans ma vie », déclare Glowna après avoir repris sa place derrière le bureau.

Il ouvre un tiroir et en sort un document qu'il pose sur le sous-main.

« Nos échanges se bornaient à des entretiens téléphoniques, conformément à sa volonté. »

Glowna s'interrompt pour ouvrir le document, qu'il se met à lire, et Markus, qui a enregistré chacune de ses paroles avec une attention passionnée, est tenté d'exhorter cet homme d'une amabilité si surprenante à continuer de parler, dans l'espoir qu'il puisse lui apprendre quelque chose au sujet de Selma Bruhns. Mais Glowna se tait, et Markus constate que Berger s'est renversé dans son fauteuil et a fermé les yeux. Dans le silence qui s'alourdit, Markus sent son anxiété se transformer en colère, une colère sans but, qui ne vise ni Glowna ni même Berger mais qui le contraint à se relever.

« Pouvez-vous m'expliquer ce que je fais ici ? »

Markus pose la question directement à Glowna, lequel se détourne du document et le regarde avec étonnement.

« Je pensais que le commissaire vous l'avait dit. J'étais le notaire de Selma Bruhns. Il y a cinq jours, elle m'a invité chez elle, ce qui était tout à fait insolite. Comme je l'ai déjà dit, je réglais toutes ses affaires au téléphone. Lors de cette visite, elle m'a demandé d'entreprendre pour son compte une enquête à votre sujet. »

Markus était resté longtemps allongé sans trouver le sommeil. Il avait fini par repousser la couette et s'était rendu dans la cuisine, où il avait fait couler l'eau du robinet jusqu'à ce qu'elle fût froide. Il avait rempli un verre et l'avait vidé d'un trait. En fumant, il avait regardé par la fenêtre le demi-jour peu à peu s'éclaircir. Quand il avait entendu la sonnerie du réveil, il était retourné dans la chambre.

« Tu es déjà levé ? » s'étonna Christine.

Pendant qu'elle était dans la salle de bains, il avait mis en marche la cafetière électrique, pris deux assiettes dans le placard et coupé du pain.

« La chaîne de mon vélo est cassée. »

Les cheveux encore humides après sa douche, Christine s'était assise en face de lui et l'avait regardé tout en portant sa tasse à sa bouche, comme si elle lui avait posé une question.

« Je vais te conduire au bureau », dit Markus.

Il était descendu et l'avait attendue devant l'immeuble.

« Ainsi, tu retournes chez elle », avait lancé Christine en arrivant chargée de la serviette contenant les documents qu'elle avait apportés à la maison la veille au soir.

Markus s'était avancé à sa rencontre et lui avait retiré la serviette des mains. Alors qu'ils étaient assis l'un près de l'autre dans la voiture et que Markus entreprenait de sortir du parking, elle lui dit de passer par la Kurfürstenallee.

« C'est un détour », observa Markus.

Il avait cependant tourné au carrefour, quitté le boulevard périphérique et pris la direction du quartier résidentiel.

« Arrête-toi devant sa maison. »

Bien qu'il eût l'impression de commettre un acte défendu, Markus avait arrêté la voiture, pas exactement devant chez elle mais à une vingtaine de mètres du portail.

Il était descendu et avait ouvert la portière à Christine.

« C'est quelle maison ? »

En la regardant, immobile sous les châtaigniers, il crut découvrir dans ses yeux une lueur qu'il ne savait comment interpréter.

« Je ne me suis pas arrêté devant sa maison.

— Tu ne veux pas qu'elle me voie ? »

Sa question lui avait paru lourde de reproche.

Avant de suivre Christine, il verrouilla les portières et resta près de la voiture en examinant la rue, comme s'il voulait s'assurer que personne ne les observait. Il la rattrapa en quelques pas et elle posa la main sur son bras, mais il s'écarta et ils continuèrent de marcher sans se toucher. Markus devait se forcer pour ne pas s'immobiliser, retenir Christine en l'attrapant par les épaules et la convaincre de rebrousser chemin.

« De quoi as-tu peur, Markus ? » demanda-t-elle.

Il se sentait incapable de lui répondre, car il n'aurait su dire pourquoi il avait consenti à sa requête, pas plus qu'il ne savait pourquoi elle tenait à venir ici. Était-ce par curiosité, ou parce qu'elle voulait se rapprocher de cette femme dont elle avait lu les lettres ?

Ils atteignirent le portail et Markus se plaça devant comme pour le protéger, comme s'il craignait que Christine ne pénètre dans le jardin. Le soleil matinal illuminait la villa de Selma Bruhns. Christine regarda les allées à l'abandon et la maison.

« Viens », lança Markus, mais elle ne bougea pas, les yeux fixés sur la villa.

« Viens », répéta-t-il.

À l'instant où Christine allait détourner son regard, la porte de la maison s'ouvrit et Selma Bruhns sortit. Elle s'immobilisa en haut du perron et sembla apercevoir Markus et Christine.

Markus ne songeait plus qu'à s'enfuir. Il saisit Christine par le bras afin de l'entraîner, mais elle se dégagea. Les deux femmes se regardèrent. Selma Bruhns se dressait immobile devant sa maison, telle une statue, Christine semblait figée sur place, abandonnée par Markus qui s'était reculé de quelques pas. Puis Selma Bruhns rentra à l'intérieur et ferma la porte.

Berger ferme-t-il les yeux pour montrer que ce qui se passe dans cette pièce ne le concerne pas ? Comme si ce n'était pas lui qui avait amené Markus ici, comme s'il n'était plus responsable de ce qui allait advenir ?

Markus sent un picotement au bout de ses doigts et pose machinalement ses mains sur ses cuisses, comme pour cacher ainsi aux deux hommes qu'elles sont en train de trembler. Bien qu'il ait écouté attentivement Glowna et pense avoir compris ce qu'il disait, il semble que sa compréhension reste à la surface des mots et ne l'atteigne pas assez profondément pour qu'il puisse réagir.

Il essaie de concentrer son regard sur un objet, de se répéter mentalement les paroles de Glowna et de les mettre en relation avec les six jours qu'il a passés dans la maison de Selma Bruhns. Il finit par tenter d'imaginer les conversations de Selma Bruhns avec Glowna, mais malgré ses efforts cette idée reste parfaitement irréelle. Bien malgré lui, il revoit en lui-même les photos posées sur le bureau de Berger, l'écharpe serrée autour de son cou, les yeux ouverts sur lesquels il a distingué le point aveugle, le drap de plastique où ils ont enveloppé son corps.

« Maintenant, vous connaissez la raison de votre présence ici, monsieur Hauser. »

C'est Berger qui prononce ces mots. Il s'est redressé dans son fauteuil, s'est adressé directement à Markus et l'a regardé fixement jusqu'à ce qu'il se tourne vers lui.

Bien que le commissaire n'ait fait que constater une évidence, Markus sent que le picotement au bout de ses doigts s'apaise et que les images revenues l'obséder s'évanouissent. Il soutient le regard de Berger – sans avoir à se forcer, cette fois –, et les paroles de Glowna perdent elles aussi leur importance. Il retourne à sa chaise, dont il s'était éloigné sans s'en rendre compte, se rassied. Comme il ne veut pas poser de question, il attend en

silence jusqu'au moment où Glowna reprend :
« J'ai ici le rapport en question. »

Ce n'est qu'en attendant ainsi tranquillement que Markus se représente pleinement cette réalité : Selma Bruhns a parlé avec cet homme. Elle lui a demandé de se charger d'une enquête sur son compte. Et cela, au moment même où lui était accroupi dans le cagibi, occupé à classer les lettres. Peut-être a-t-elle examiné le rapport pendant que lui, interrompant un instant son travail, se mettait à lire une des lettres.

Chère Almut, combien de jours se sont-ils écoulés depuis la dernière fois que nous nous sommes vues ? Je voulais les compter, jour après jour, mais je me suis embrouillée et ai tenté en vain de me retrouver dans le chaos des nombres qui représentent vraiment des jours, des heures, des minutes. Herbert voudrait avoir des enfants. J'ai refusé de mettre un enfant au monde.

Markus croit voir la scène dans tous ses détails – l'arrivée et le départ de Glowna, son attente au milieu de la puanteur des bêtes, dans le vestibule où Selma Bruhns pénètre enfin et lui parle. Cependant il ne se demande pas pourquoi elle a permis à cet homme d'entrer dans sa maison et l'a chargé d'entreprendre ces recherches, comme s'il s'agissait d'une question dont elle seule connaissait la réponse, qu'elle n'aurait jamais consenti à donner.

« Je ne m'intéresse qu'à un détail de ce rapport, le reste est connu et sans importance », lance Berger.

Ni ses paroles, ni son regard, qu'il fixe obstinément sur la croisée, ne permettent de déterminer s'il continue de parler à Markus ou s'adresse maintenant à Glowna.

« Peut-être voyez-vous à quoi je fais allusion ? »

Markus n'a pas l'impression, ou se refuse à avoir l'impression qu'on lui adresse la parole, aussi persiste-t-il dans son silence.

« Si vous voulez, je peux lire un passage du rapport, dit Glowna. À dix-sept ans, Markus H fut admis dans un hôpital où il passa trois mois dans le service de psychiatrie, dont un mois en isolement. Il nous fut impossible d'en apprendre davantage, les médecins alléguant le secret professionnel et les membres du personnel n'ayant gardé qu'un vague souvenir du patient Markus H. Il apparaît cependant que son comportement se révéla discret et paisible, en dehors d'un incident sur lequel nous n'avons pu obtenir d'informations plus précises. »

Glowna a soulevé le papier pour lire ces phrases, d'une voix tranquille. Il repose le feuillet sur le bureau et se tourne vers Berger, en évitant le regard de Markus.

« Je suppose que votre enquête justifie cette lecture d'un document confidentiel », dit-il.

Markus a écouté Glowna comme s'il n'était pas question de lui dans le rapport, mais d'un homme inconnu de lui, comme si ce texte ne le concernait pas plus qu'une nouvelle quelconque dans un journal et n'était pas parvenu dans les mains du notaire par la volonté de Selma Bruhns. Mais en voyant Glowna éviter son regard et se tourner vers Berger, qui approuve d'un signe de tête ses propos, Markus conçoit pour la première fois le soupçon que les deux hommes agissent conformément à un plan établi avant que le commissaire ne l'amène ici. Qu'ils ont mis au point leurs paroles comme un rôle de théâtre et étudié soigneusement leurs gestes de façon à provoquer ses réactions. Ils ont adopté chacun un emploi – la rudesse pour Berger, la cordialité pour Glowna –, afin de le mettre au pied du mur. Et il est rentré dans leur jeu et s'est comporté exactement comme ils le voulaient.

Selma Bruhns ouvrit la porte du cagibi où Markus était enfermé depuis trois heures. Après avoir déposé Christine en ville, il était revenu, avait garé sa voiture devant la maison, poussé la porte d'entrée, qui n'était pas fermée à clef, et s'était rendu au cagibi sans avoir aperçu Selma Bruhns. Depuis trois heures, il respirait l'odeur entêtante des lettres se mêlant à la puanteur des chats. Pendant qu'il travaillait, posant feuillet après feuillet sur les piles correspondantes, qui grandissaient insensiblement, il avait l'impression que chaque lettre qu'il saisissait l'éloignait davantage du présent et l'entraînait plus profondément dans une exploration dont il ignorait où elle le mènerait. Les passages qu'il avait lus s'éveillaient à la vie. Il se trouvait dans des rues où il n'avait jamais mis les pieds, il entendait les cris et les sifflements d'animaux qu'il ne voyait pas mais dont il devinait la présence, il sentait sur sa peau l'ardeur d'un soleil dont il n'avait encore jamais éprouvé la puissance, il voyait s'avancer vers lui une femme qui lui parlait dans une langue qu'il ne connaissait pas.

« Auriez-vous l'obligeance de vous rendre en ville », dit Selma Bruhns, immobile sur le seuil, sans pénétrer dans le cagibi.

Accroupi sur le sol, Markus leva les yeux vers elle et se releva. Il attendait qu'elle continue de parler, qu'elle évoque ce qui s'était passé le matin, quand elle l'avait découvert avec Christine dans la rue et qu'ils l'avaient regardée comme une créature étrange, un spécimen digne d'un zoo. Mais Selma Bruhns se détourna sans ajouter un mot et le précéda dans le vestibule. Il la regarda et crut apercevoir dans ses yeux les traces d'une lassitude qu'elle lui avait cachée au cours des jours précédents. Elle sortit de la poche de sa robe le porte-monnaie avec lequel elle le payait chaque soir, avant qu'il ne quitte la maison.

« La maroquinerie à l'angle de la Marktstrasse, par où l'on peut rejoindre la Himmelpforte, existe-t-elle encore ? » demanda-t-elle.

D'aussi loin que Markus pouvait s'en souvenir, ce magasin avait trôné au cœur de l'animation de la rue commerçante, avec ses trois grandes vitrines exposant valises, serviettes et autres articles en cuir. Il était impossible de ne pas le remarquer, de même que le passage qui le traversait et que de nombreux passants empruntaient comme un raccourci pour gagner la Himmelpforte. La question de Selma Bruhns n'avait de sens que si elle avait cessé depuis bien des années de se rendre dans le centre.

« Oui », répondit Markus.

Elle ouvrit le porte-monnaie, en tira trois billets de cent marks et les tendit à Markus.

« Nous ferons nos comptes quand vous reviendrez, dit-elle. J'ai besoin d'une mallette en cuir noir, sans garnitures inutiles. Je ne sais pas combien ça coûte, mais je suppose que trois cents marks devraient suffire. »

Et comme s'ils n'étaient restés que trop longtemps ensemble dans le vestibule, comme si cette requête lui avait déjà coûté trop de mots, Selma Bruhns se détourna et se dirigea vers la porte de la chambre qui était la seule pièce de la maison qu'elle occupait et où Markus n'avait encore jamais pénétré.

La main sur la poignée, alors qu'elle allait ouvrir la porte, elle s'arrêta et dit d'une voix si basse que Markus ne l'entendit qu'à peine : « S'il vous plaît. »

Resté seul, il retourna dans le cagibi pour aller chercher son sac. Ce ne fut qu'une fois sorti de la villa qu'il put laisser libre cours à son soulagement. Il avait l'impression que quelqu'un lui avait ouvert une porte et permis de revoir après une longue captivité la lumière du jour. Il décida de prendre son temps.

Après être arrivé en ville, il s'était garé dans un parking à étages. Il attrapa son sac sur le siège arrière, verrouilla la portière et se dirigea vers l'ascenseur. En dehors de lui, la cabine n'était occupée que par un garçon si petit qu'il pouvait à peine atteindre les boutons de l'ascenseur. Markus lui rendit son sourire. Au rez-de-chaussée, quand les portes s'ouvrirent, il laissa le petit garçon le précéder, traversa le hall froid surmonté d'une voûte en béton et sortit.

Dans la rue, il fut ébloui par le soleil. Il s'arrêta si abruptement qu'un homme sortant derrière lui le bouscula et murmura quelques mots d'excuse incompréhensibles. Markus se rendit immédiatement dans le centre pour mener à bien la mission dont Selma Bruhns l'avait chargé. Il tourna à droite et longea la rue menant au jardin des remparts. Il se surprit à regarder les passants qu'il croisait droit dans les yeux, comme pour deviner s'il les avait déjà rencontrés. Il épiait au passage avec avidité les bribes de conversation et se réjouissait quand il pouvait les reconstituer à partir de ces mots isolés. En arrivant au milieu du pont qui traversait le fossé des remparts, il s'arrêta, se pencha sur le parapet et contempla l'eau sur laquelle flottaient des feuilles. Il lui semblait que plus longtemps il resterait ici, plus il s'éloignerait du cagibi où il était accroupi une heure plus tôt. Il essaya de distinguer son visage à la surface de l'onde et eut envie d'y jeter un caillou pour observer les cercles s'élargissant autour du point où le caillou avait sombré. Il commença à se sentir léger, et il resta longtemps immobile dans la même position afin de ne pas laisser s'échapper cette sensation.

« Markus ! »

Il se retourna presque à son corps défendant et aperçut Rufus qui s'avançait vers lui.

Chère Almut,
Hier nous avons emménagé dans la maison des parents de Herbert. Sa mère est morte après avoir lutté un an contre la bête qui était tapie dans son corps et la dévorait de l'intérieur. C'est

une grande maison, trop grande pour nous car nous sommes toujours seuls tous les deux et le resterons, dans ces pièces où je peux voir la mer par les fenêtres, ce qui est pour moi une consolation puisque, aussi étrange que cela puisse paraître, si jamais je suis encore capable d'éprouver de l'amour, c'est pour la mer et le ciel. Il me semble que les souvenirs se lèvent comme la brume au matin, surgissant des crêtes soyeuses des vagues qui roulent à la surface des flots, et seuls les souvenirs me rapprochent de toi et me donnent de sentir cette chaleur qui me maintient en vie. Souvent je ne trouve dans ma mémoire que quelques fragments que je rassemble avec peine, et je suis désespérée quand ils refusent de s'imbriquer pour former une image où je puisse te voir. Te souviens-tu de la maroquinerie de la Marktstrasse, avec son passage menant à la Himmelpforte ? Lors d'une expédition secrète dans le centre, toi et moi, nous y avions découvert un porte-clefs en cuir noir – je ne sais plus s'il représentait un serpent ou une araignée – et tu l'avais glissé subrepticement dans ton sac bien que nous n'en eussions aucun besoin, c'était simplement cet animal en cuir qui t'avait séduite. Te souviens-tu que notre père nous a forcées à retourner au magasin pour y avouer notre larcin ? Nous étions presque mortes de honte, mais le vendeur s'est mis à rire et nous a fait cadeau de ce porte-clefs ridicule. Non, il n'était pas ridicule. Quand j'y repense, maintenant, c'était comme un signe de vie.

Herbert est riche depuis qu'il a hérité de ses parents et il veut exaucer le moindre de mes désirs, mais même s'il m'en restait, rescapés du temps où je croyais encore aux désirs, Herbert ne pourrait pas les exaucer. Toi seule, Almut, en serais capable. Souvent je ne supporte pas que Herbert me touche, je lis la prière dans ses yeux et je sais que je suis injuste envers lui, mais il y a si longtemps que l'injustice a commencé. Pourquoi n'ai-je pas eu la force de rester seule ? Je n'aurais pas entraîné avec moi un étranger – et Herbert est resté un étranger pour moi, car je n'ai pu me décider à faire un pas pour me rapprocher de lui –, je ne l'aurais pas mêlé à cette injustice que j'ai subie et que j'inflige à mon tour aux autres. J'ai comme un point douloureux dans ma chair, sous mon sein gauche, et je sais que c'est une blessure qui tente en vain de se refermer, de cicatriser. Et quand je sens cette plaie brûlante, à l'improviste souvent, dans mon sommeil ou en parlant avec des gens qui me témoignent de l'amitié, j'ai conscience de me montrer injuste également envers toi, Almut. Mais le temps qui s'écoule adoucit même cette souffrance, et les lettres que je t'écris quotidiennement me donnent le courage de sourire quand je descends les marches de l'escalier conduisant de la maison à la plage, comme si j'allais à ta rencontre. Ici le soleil brûle comme s'il voulait dépecer le jour sous le tranchant de ses rayons, et j'attends donc le soir pour sortir, quand il commence à faire sombre. Je travaille, Almut, non que j'en aie besoin ni que j'accorde quelque prix à mon labeur, mais je m'efforce ainsi de lutter contre le temps destructeur. Chaque jour je me rends dans la ville, je prends place dans un bureau où j'accueille les émigrés venus d'Europe, des hommes dont l'épuisement a assombri les visages et voilé les voix, je leur procure un logement et tente de leur trouver un travail, et à chaque instant j'ai l'impression de commettre une injustice. Te souviens-tu, Almut, tu avais quatorze ans, c'était la première fois que nos parents nous emmenaient au bord de la mer. Une tempête nous a offert le spectacle des vagues déchaînées s'abattant sur la plage, couronnées d'écume où dansaient les mouettes. Tu as dit : Les vagues viennent de l'autre extrémité de la terre. C'est là où je me trouve à présent, Almut, et je vois que tu avais raison.

Glowna se lève. Il contourne son bureau, le rapport à la main, et s'arrête devant Markus qui ne le regarde plus mais a baissé les yeux, d'un air honteux. Il n'a pas honte de ce qu'il a pu faire, mais de ce qu'il croit à tort ou à raison que les deux hommes ont manigancé afin de faire de lui, à son insu, leur complice.

Le notaire lui tend les deux feuillets du rapport et dit au bout d'un moment, comme s'il avait attendu pour voir si Markus réagirait : « Ce document vous appartient. Il n'en existe que deux exemplaires. L'un d'eux est en ma possession, et j'ai remis l'autre à Selma Bruhns. La police l'a probablement trouvé chez elle. »

Comme Markus n'esquisse aucun geste pour prendre les feuillets, Glowna les pose sur ses genoux. Il recule d'un pas en disant : « Nous nous reverrons, monsieur Hauser », puis se dirige vers la porte.

« Je vous laisse ensemble », lance-t-il encore avant de quitter la pièce.

Markus se retient pour ne pas bondir sur ses pieds et suivre Glowna, comme si sa cordialité avait fini par le toucher. Il jette un coup d'œil en direction de Berger, qui s'est de nouveau enfoncé dans son fauteuil, de sorte que Markus ne voit plus que ses jambes et ses mains.

« Êtes-vous d'accord pour me raconter un peu votre histoire ? » demande le commissaire.

Markus se réjouit de ne pas rencontrer son regard. Il se lève et retourne du côté des fenêtres. L'homme qui nettoyait sa voiture a disparu.

« Voulez-vous que je vous dise que je suis un détraqué, ce qui explique que j'aie commis un tel acte ? » finit-il par lancer sans cesser de contempler la rue où deux enfants ont commencé à se lancer un ballon à l'ombre de la maison d'en face.

Ses mots résonnent bizarrement, comme si un étranger avait parlé à sa place et essayait de restaurer l'ancien état des choses.

« Ce n'est pas ce que je veux entendre, répond Berger dans le dos de Markus. Je veux la vérité, ou du moins ce que vous considérez comme la vérité. »

Markus appuie sa main sur la vitre et sent sous ses doigts le contact froid du verre où il voit son reflet. Il se met à parler. Il ne commence pas par le commencement. Il parle de l'époque où des médicaments étaient chargés de le calmer et y réussissaient si bien qu'il avait perdu le sentiment de sa propre présence et qu'après s'être levé, le matin, dans la chambre où il dormait avec trois hommes, quand il se regardait dans la glace du lavabo en se lavant les dents, il était incapable de se reconnaître. Il raconte les heures passées à rester immobile sur un banc, dans le jardin du service qu'un mur entourait entièrement, jusqu'au moment il avait commencé à sentir l'écoulement du temps sur ses lèvres desséchées, dans les pulsations de son cœur et les battements rapides de ses paupières.

Il parle inlassablement, sans bouger de la fenêtre, sans se tourner vers Berger. Il évoque les promenades, après qu'on l'avait autorisé à sortir du service où la nuit les patients désemparés et incapables de dormir déambulaient dans les couloirs, ouvraient la porte de la chambre où il reposait et lui soufflaient dans le visage. Il raconte qu'il avait l'impression en parcourant les allées du parc que chacun de ses pas ébranlait son corps et que s'il n'avait pas marché légèrement le choc aurait pu le détruire. Il raconte qu'il avait pris conscience peu à peu des oiseaux peuplant le parc et qu'il s'était mis à les observer avec un intérêt sans cesse croissant. Après qu'on eut arrêté les médicaments, il avait pris l'habitude de s'étendre tranquillement sur la pelouse devant le café des malades, occupé à sentir la chaleur du soleil s'insinuer d'abord sous sa peau puis pénétrer chacun de ses muscles.

Le commissaire ne l'interrompt pas. Il semble comme absent, et ce n'est qu'en faisant une pause de temps en temps que Markus l'entend qui respire paisiblement.

Puis Markus en vient enfin au commencement : « Une histoire banale, dit-il. Elle m'a abandonné pour un autre. »

Il raconte qu'il est resté assis immobile dans sa chambre, à regarder fixement le mur, avant de se lever d'un bond et d'entreprendre de détruire l'ameublement. Il avait procédé de façon presque systématique : il avait d'abord fracassé la chaise sur laquelle il était assis, puis il avait renversé la bibliothèque, arraché les tableaux et jeté contre le mur les pots de fleurs posés sur le rebord de la fenêtre. Cette scène s'était achevée aussi brusquement qu'elle avait commencé. Il avait enfilé sa veste et était sorti. Il s'était procuré dans trois pharmacies des somnifères délivrés sans ordonnance et une fois rentré dans sa chambre dévastée, il les avait dissous dans un verre d'eau. Cela faisait soixante comprimés, raconte-t-il. Avant d'avoir vidé complètement le verre rempli d'un liquide trouble, il avait essayé de comprendre ce qu'il éprouvait, mais il n'avait ressenti que le vide et une douleur sourde, comme s'il avait reçu un coup sur la tête. Au bout de trente heures d'inconscience, il était revenu à lui. Il gisait sur le lit, au milieu de son urine, ne sachant ni où il se trouvait ni ce qui s'était passé. Il avait rampé jusqu'au téléphone renversé par terre et il avait été capable, à sa propre surprise, de se souvenir du numéro de police secours et de l'appeler. Le médecin était arrivé et lui avait fait une piqûre.

Markus se tait, peut-être parce qu'il a dépensé toute sa provision de mots. Il se tourne vers le commissaire, qu'il aperçoit dans son fauteuil. Leurs yeux se rencontrent, et la froideur du regard de Berger rassure Markus. Il n'éprouve aucune honte.

« En quoi consistait l'incident auquel le rapport fait allusion ? » demande le commissaire d'un ton indifférent, comme s'il s'agissait d'une question banale dont la réponse n'était qu'une simple formalité.

Il se penche en avant pour saisir les deux feuillets que Glowna avait posés sur les genoux de Markus et que ce dernier avait à son tour lancés sur le bureau en s'approchant de la fenêtre. Pendant que Markus parle, Berger plie les feuillets à la façon d'une lettre à glisser dans une enveloppe.

« J'ai essayé une seconde fois. Je me suis constitué une réserve de comprimés et quand j'ai cru en avoir assez, je les ai avalés. »

De nouveau, entre deux phrases, il sent s'éveiller en lui le soupçon que Glowna et Berger ont atteint le but qu'ils poursuivaient en l'attirant dans cette pièce.

Il s'était réveillé dans la nuit, raconte Markus. Il était à moitié inconscient, mais encore capable de sentir la peur, la puissance monstrueuse de la peur qu'il ne connaissait pas jusqu'alors et dont il ne pourrait parler que bien plus tard, après qu'elle aurait disparu. C'était les affres de la mort, dit Markus. Il avait sonné l'infirmière de nuit et on lui avait administré un concentré salé qui l'avait fait vomir à plusieurs reprises.

Markus se tait, et c'est alors seulement qu'il sent la sueur qui baigne son front et l'épuisement qui accable son corps, comme s'il avait couru sur une longue distance. Il regarde de nouveau par la fenêtre. Les enfants ont cessé de jouer au ballonet dessinent maintenant sur le trottoir avec des craies multicolores.

Il s'était rendu avec Rufus au café de la place du marché. Assis sur des chaises en plastique blanc, l'un en face de l'autre, ils étaient protégés du soleil par la banne tendue au-dessus de la terrasse.

« Tu travailles ? » demanda Rufus.

Markus savait que son ami pensait à son travail d'écrivain en lui posant cette question, ce qui ne l'empêcha pas de répondre par l'affirmative.

« À quoi travailles-tu ? » poursuivit Rufus en écartant leurs tasses de café pour pouvoir s'accouder sur la table.

Il regardait Markus d'un air attentif. Sur son visage à la bouche si petite qu'elle avait l'air d'avoir été rajoutée au dernier moment, des taches de soleil dansaient chaque fois que les rebords étroits de la banne remuaient. Il avait peigné en arrière ses cheveux noirs avec du gel, et on distinguait chaque mèche sous la graisse luisante. Markus se surprit à l'observer comme s'il le voyait pour la première fois et n'avait encore jamais remarqué que le bout de ses ongles était sale sous leur vernis transparent, que son blouson de cuir noir arborait des franges aux coutures des manches et que

Rufus aspirait si profondément la fumée de sa cigarette qu'il semblait vouloir l'avaler.

« Je gagne de l'argent », dit Markus qui sentait encore en lui, même si elle s'affaiblissait rapidement, l'impression de légèreté qu'il avait éprouvée sur le pont.

Il mit la main dans sa poche de pantalon, comme s'il avait besoin de s'assurer que les trois billets que lui avait donnés Selma Bruhns étaient toujours là. Il les froissa doucement sans les sortir de la poche. Rufus avait cessé ses questions pour raconter sa rencontre avec une femme dont il avait fait connaissance la veille au soir, si Markus avait bien compris. Tout en l'écoutant, Markus pensait au portrait accroché dans le vestibule de la villa.

« Tu ne m'écoutes pas, constata Rufus. Comment gagnes-tu ton argent ?

— Je mets en ordre les lettres d'une femme, répondit-il en se réjouissant soudain d'avoir retrouvé sa voix. Je les classe par ordre chronologique, après quoi elle les brûle dans la cour de sa maison. »

Markus s'attendait à ce que Rufus éclate de son rire incrédule qui faisait toujours sursauter les gens, mais son ami se contenta d'affirmer qu'il s'agissait manifestement d'une femme intelligente.

Puis il se leva en lançant : « Tu paies ? »

Il sortit de la poche intérieure de son blouson un morceau de papier si bien plié qu'il avait à peu près le format d'un timbre-poste. Il le tendit à Markus.

« Mon dernier poème », dit-il en posant fugitivement sa main sur la tête de son ami, comme s'il sentait combien celui-ci était loin de lui.

Il se détourna et traversa la place du marché. Markus le suivit des yeux avec le sentiment de ne pas avoir été à la hauteur. Après qu'il eut disparu dans une rue à l'angle de l'hôtel de ville, Markus fit signe au serveur et paya.

Il jeta sur le siège arrière de sa voiture la mallette qu'il avait achetée, comme Selma Bruhns le lui avait demandé, dans la maroquinerie de la Himmelpforte. Il descendit la rampe en lacets du parking et introduisit son ticket dans l'appareil afin que la barrière se soulève et qu'il puisse sortir. Après la pénombre du parking, il fut surpris par la clarté du jour. Il attendit au feu pour tourner, roula lentement le long des magasins, comme s'il voulait s'arrêter d'un instant à l'autre, et ne se décida qu'au carrefour à ne pas rentrer tout de suite chez Selma Bruhns. Il s'engagea dans les ruelles tortueuses du centre, jusqu'au fossé des remparts, qu'il traversa pour rejoindre la rue où se trouvait le cabinet pour lequel Christine travaillait. Il s'arrêta et regarda de l'autre côté du pare-brise l'immeuble où Christine était assise près d'une fenêtre, dans son bureau. Il l'imagina penchée sur des colonnes de chiffres, en face d'une collègue absorbée dans la même tâche. Seul le bourdonnement presque imperceptible des machines devait troubler le silence.

En tournant dans la Kurfürstenallee, il aperçut un véhicule trapu garé devant la villa. Un de ces fourgons blindés noirs qui servent aux transports de fonds des supermarchés et des banques. Markus roula lentement dans sa direction. Il s'arrêta non loin du fourgon, attrapa la mallette et descendit de sa voiture. En s'avançant, il regarda par l'étroite fenêtre de la cabine du chauffeur et vit qu'elle était vide. Il effleura au passage le flanc du véhicule, dont le métal était frais au toucher malgré la chaleur. Une inscription proclamait sous le logo d'une firme : Transports sécurisés. Quand Markus se détourna du fourgon et s'approcha du portail, il vit s'avancer vers lui dans le jardin un homme vêtu d'une sorte d'uniforme bleu dont le ceinturon s'ornait d'une gaine à pistolet. Markus aperçut la crosse solide de l'arme dépassant de l'étui.

« Qui êtes-vous ? » lui demanda l'homme quand il ouvrit le portail.

Markus s'avança dans le jardin sans répondre à sa question, mais l'homme le suivit et l'attrapa par le bras. Markus n'essaya pas de se dégager. Il s'arrêta et se retourna. Il regarda le visage lisse et insignifiant de l'inconnu, et fut surpris par son expression bienveillante.

« Je travaille pour Selma Bruhns, lança-t-il.

— Désolé de m'être montré brutal, dit l'homme en lâchant son bras. Vous comprenez, le transport est sous notre responsabilité. »

Markus ne posa pas de questions. Il se dirigea vers la maison en espérant que Selma Bruhns allait sortir et s'avancer à sa rencontre, comme si elle l'avait attendu. Mais elle ne se montra pas. Il entra dans le vestibule par la porte ouverte, et tomba sur un autre homme en uniforme bleu, armé lui aussi et occupé à envelopper dans une feuille de plastique le portrait qu'il avait décroché du mur.

« Où est Mme Bruhns ? » demanda Markus en essayant de distinguer le tableau sous le plastique, mais les traits du vieil homme n'apparaissaient que vaguement à travers la feuille transparente.

L'homme entreprenait maintenant d'attacher la feuille avec du ruban adhésif marron. Il leva brièvement les yeux et indiqua d'un signe de tête la porte de la chambre occupée par Selma Bruhns, puis se replongea dans son travail. Markus s'approcha de la porte et frappa. Quand elle ouvrit et qu'ils furent face à face, il lui tendit sans un mot la mallette et fouilla dans la poche de sa veste pour lui rendre l'argent qui restait. Elle le regarda puis s'écarta, de sorte que Markus put jeter un coup d'œil dans la chambre.

Elle lui montra la table placée devant un canapé rouge et lança : « Posez ça sur la table. »

Il hésita à s'avancer dans la pièce où les fenêtres condamnées faisaient régner la même pénombre que dans le reste de la maison et où seuls les meubles apportaient une note vivante. Quand il se décida enfin à entrer pour poser la mallette et l'argent sur la table, il sentit à travers la puanteur des bêtes pénétrant même ici un parfum douceâtre qui s'attachait aux objets.

« Ce tableau a une grande valeur », dit Selma Bruhns bien que Markus n'eût posé aucune question.

Elle resta debout sur le seuil, comme impatiente de le voir enfin sortir de la chambre.

Le cinquième jour

Chère Almut,
Il y a des semaines que Herbert est parti dans l'intérieur du pays. Je suis restée ici, dans les pièces de cette maison que je traverse comme une étrangère. Ni visiteuse ni solliciteuse, j'y suis comme quelqu'un qui n'est pas encore arrivé, qui se trouve depuis si longtemps en voyage qu'il a oublié non seulement le lieu qu'il a quitté mais la destination où il voulait se rendre. Il ne reste que le mouvement, le tangage du bateau, les pas sur le parquet. Du haut de la terrasse, je vois l'eau dont la couleur change de jour en jour, parfois même d'heure en heure. Quand elle est verte, le fond noir miroite jusqu'à la surface où il verdit, et elle peut se montrer aussi sauvage et tendre que le souvenir. À l'époque où nous étions encore si jeunes que les animaux nous paraissaient des êtres vivants nantis des mêmes droits que nous et dont l'essence singulière pouvait nous transmettre un message, nous avons traversé le bois muni-

cipal sur nos vélos d'enfant – tu étais toujours plus rapide que moi. Nous avons atteint le lac s'étendant au flanc de la colline, sur laquelle se dressait un temple à colonnes dont nous ne sommes pas parvenues à percer le mystère. Nous avions emporté des épuisettes, et nous nous sommes accroupies sur la rive pour observer la surface. On voyait jusqu'au fond du lac, où les plantes aquatiques s'épanouissaient et se balançaient au gré du mouvement mystérieux de l'eau. Nous avons attendu, jusqu'au moment où un des étranges habitants du lac est sorti de la vase et est remonté à la surface pour respirer. Une nouvelle fois, tu t'es montrée plus rapide que moi. Plongeant ton épuisette dans l'eau, tu as capturé l'animal et l'as pris dans ta main. Te souviens-tu de notre étonnement quand nous avons découvert les quatre pattes minuscules attachées au mince corps de batracien s'achevant par une queue pointue ? Nous avons caressé avec précaution la peau brune et ridée qui protégeait ce corps, et observé les gesticulations furieuses de l'animal cherchant à s'échapper de ta main. Nous avons attrapé de petits poissons filant dans l'eau comme des flèches et dotés d'une tache rouge sur le ventre. Pour les regarder à notre aise avant de les relâcher, nous les mettions dans des verres. Le triton s'est attardé un moment sur la rive, comme s'il ne voulait pas te quitter.

Une fois par semaine, je descends en ville et me rends dans le quartier où habitent les émigrés qui ont eu la chance de trouver un abri dans cette cité et de pouvoir se confondre dans la foule anonyme des rescapés. Je m'arrête devant un immeuble à quatre étages, où du linge sèche sur les balcons contre lesquels souffle le vent éternellement chaud. Je monte au second étage et sonne à une porte. Elle m'ouvre. Nous allons dans sa cuisine, qui est si étroite que deux personnes ont du mal à y tenir. Quand je sors de chez elle, j'ai l'impression d'être une voleuse qui lui a dérobé une partie de la force la maintenant en vie. Elle a pu monter à bord du dernier bateau à avoir quitté M., avec un billet de transit en bonne et due forme, et est arrivée ici sans connaître un mot de la langue. Pour survivre, elle a eu des liaisons, et l'argent que lui donnaient les hommes lui a permis de louer cet appartement. Dès qu'elle a possédé quelques rudiments de la langue, elle a trouvé un emploi à l'université. Une place subalterne, mais ainsi elle pouvait de nouveau tenir des livres dans ses mains. Après avoir mis un peu d'argent de côté, elle a pris chez elle un enfant qui l'avait suivie dans la rue. Elle lui a donné un nom et s'est mise à faire sécher son linge sur le balcon.

Herbert me téléphone chaque jour, du fond des provinces intérieures, et en parlant avec lui j'imagine les troupeaux parcourant l'immensité des plaines. La femme dont je t'ai raconté l'histoire parce que j'ai honte porte ton nom, Almut.

« Vous avez faim ? » demande Berger.

Il est resté enfoncé dans le fauteuil placé devant le bureau de Glowna, la tête renversée en arrière et les yeux fixés sur le plafond. Il a croisé ses jambes et se met de temps en temps à remuer son pied. Markus n'a pas quitté son poste près de la fenêtre. Bien qu'il lui semble à tout instant que ses jambes vont le trahir, il reste debout, sans même s'appuyer à la croisée. Il observe le commissaire dont le calme le frappe comme une injustice. Il doit lutter contre le désir de revenir en arrière et de restaurer le statu quo qui régnait entre eux avant qu'ils ne pénètrent dans l'étude du notaire.

« Oui, j'ai faim », admet Markus.

Comme s'il n'avait attendu que cette réponse, Berger se pousse sur son siège de cuir jusqu'à ce que ses pieds touchent terre et il se lève d'un bond. Il saisit le rapport de Glowna qu'il avait reposé sur le bureau et le tend à Markus.

« Voulez-vous le conserver ? »

Markus se contente de faire non de la tête, et le commissaire déchire le document et jette les morceaux dans la corbeille à papiers.

« Repentez-vous », lance le petit homme en se dirigeant vers la porte.

Bien que Markus croie comprendre ce qu'il veut dire, il ne répond pas. Berger ouvre la porte et Markus le suit dans le couloir. Ils ne rencontrent ni Glowna ni la femme qui les a fait entrer.

Il a plu pendant qu'ils se trouvaient avec le notaire. La lumière se reflète dans les flaques. En respirant l'air humide, Markus a l'impression de le sentir pénétrer au plus profond de ses poumons. Le commissaire entreprend de descendre les marches en s'agrippant à la rampe et en posant un pied devant l'autre d'un air concentré. Il s'arrête au milieu de l'escalier et regarde Markus qui est resté immobile sur la plate-forme entourée d'une grille.

« Pourquoi a-t-elle fait cela ? demande-t-il en essuyant sur sa veste ses mains qui se sont mouillées en touchant la rampe. Pourquoi a-t-elle chargé son notaire d'entreprendre une enquête à votre sujet ? »

Il se tourne de nouveau vers la chaussée, arrive en bas des marches et monte dans sa voiture sans vérifier si Markus lui a emboîté le pas. Comme s'il avait fallu la question de Berger pour qu'il y pense, Markus réalise que Selma Bruhns a dû lire le rapport. En cachette, comme lui lisait les lettres, assise dans sa chambre ou dans la cuisine, sur la chaise en bois, en fumant une cigarette. Bien qu'il sache qu'elle est morte, ou peut-être justement parce qu'il le sait, il voudrait non pas la sommer de s'expliquer mais lui demander quand elle a reçu le rapport et combien de temps elle est restée ainsi beaucoup mieux informée sur son compte qu'il ne s'en doutait. Tout en suivant Berger sur le trottoir, il sent son inquiétude céder la place à une allégresse qu'il ne comprend pas lui-même jusqu'au moment où il se rend compte qu'en fait il est heureux à l'idée qu'ils aient eu tous deux un secret vis-à-vis de l'autre – lui en volant ses lettres pour les lire, elle en faisant rédiger un rapport le concernant. Markus ouvre la portière et s'assied à côté du commissaire.

« Je connais Glowna, dit Berger. Vous n'avez pas à vous inquiéter. »

Il démarre, redescend la rue menant à la place du marché mais tourne avant d'atteindre cette dernière et s'engage dans une rue adjacente.

« Vous dites que Selma Bruhns vous a fait cadeau de l'argent. Que vous a-t-elle demandé en échange ? »

Il se gare sur le parking d'un restaurant chinois installé sur un espace vide entre les maisons. L'une d'elle a un mur recouvert jusqu'au premier étage par une fresque réalisée au pistolet. Le commissaire coupe le moteur mais reste dans la voiture. Markus n'a pas répondu à sa question et regarde sans vraiment la voir la fresque de l'autre côté du pare-brise.

« Vous a-t-elle fait d'autres cadeaux ? »

Markus ne répond toujours pas. Berger se tourne vers lui et le frappe en plein visage, en manquant de peu son œil. Pendant que le commissaire retire sa main, Markus se rappelle ce que sa collègue leur avait dit, à lui et au voisin de Selma Bruhns : Berger est resté longtemps en congé et n'a repris son travail que depuis peu.

« Ce n'est pas une plaisanterie », lance Berger en ouvrant la portière et en sortant.

Markus descend à son tour et les deux hommes se regardent par-dessus le toit de la voiture.

« Est-ce votre femme que vous avez soignée jusqu'à son dernier souffle ? » demande Markus avant de se détourner pour quitter le parking et rejoindre la rue.

« Ne retourne pas chez elle, dit Christine assise en face de lui dans la cuisine. Tu peux trouver un autre travail. »

Markus s'était réveillé en pleine nuit. Après avoir repoussé la couette, il était sorti du lit en faisant attention à ne pas déranger Christine, qui dormait tournée contre le mur en serrant les poings de ses deux mains. Il était allé pieds nus dans la cuisine où il avait bu un verre d'eau et s'était assis par terre, adossé au réfrigérateur qui se mit à vibrer légèrement quand son moteur démarra. Il avait allumé une cigarette et regardé fixement le rectangle sombre de la fenêtre. Puis il s'était levé, conscient soudain du sol froid sous ses pieds nus. En voulant reposer le verre sur l'évier, il l'avait laissé échapper. Le verre s'était brisé sur le sol, et Markus était resté longtemps immobile au milieu de la cuisine, à guetter si Christine s'était réveillée. Quand il avait été certain qu'elle continuait de dormir, il était allé dans son bureau, un ancien débarras sans fenêtre où il y avait tout juste la place pour une table et une chaise. Il avait allumé la lampe de bureau, s'était assis sur la chaise et avait ouvert le tiroir où il gardait les lettres qu'il avait rapportées de chez elle. Sans les relire, il les avait touchées en caressant le papier du plat de la main, avant de les remettre enfin dans le tiroir, d'éteindre la lumière et de quitter la pièce.

« Elle me paie trente marks de l'heure, dit Markus en reposant la tasse de café qu'il avait portée à ses lèvres. C'est beaucoup d'argent. »

Christine le regarda par-dessus la table, et l'espace d'un instant Markus crut qu'elle l'avait entendu se lever la nuit, ce qui l'emplit d'un sentiment de culpabilité, comme s'il avait commis un acte défendu.

« Ce n'est pas une question d'argent, dit-elle.

— Je ne peux pas la laisser tomber », répliqua Markus.

En prononçant ces mots, il se rendit compte soudain qu'ils étaient vrais, même s'il était incapable d'expliquer pourquoi.

« Qui a écrit ces lettres ? demanda Christine. Elles sont adressées à une certaine Almut, alors que la femme pour qui tu travailles s'appelle Selma. »

Tout en versant le reste de café dans sa tasse, Markus garda le silence car il était incapable de répondre à la question de Christine.

« Pourquoi dois-tu classer les lettres avant qu'elle y mette le feu ? »

Il avait envie qu'elle arrête enfin.

« Pourquoi ne sort-elle jamais de sa maison ? Pourquoi a-t-elle condamné toutes les fenêtres ? Pourquoi abandonne-t-elle les chats à leur sort ? »

Christine se tut, mais quand Markus observa doucement : « Ça ne nous regarde pas », elle rétorqua : « Tu en es sûr ? », se leva, ramassa son sac et se dirigea vers la porte.

« Qu'attend-elle de toi ? lança-t-elle au moment de quitter la cuisine. Le classement des lettres n'est qu'un prétexte. Ne retourne pas chez cette femme ! »

Markus la regardait en essayant de lire sur son visage si vraiment elle parlait sérieusement. Il se leva et s'avança vers elle comme pour l'empêcher de sortir, mais il s'arrêta avant de l'avoir rejointe. Christine s'engagea dans le couloir et Markus attendit que la porte de l'appartement se soit refermée.

Comme toujours, il avait emporté son cartable. Il le jeta sur le siège arrière de la voiture, ferma la portière et démarra. Avant de commencer à rouler, il se renversa en arrière, ferma les yeux et retint son souffle.

Il remonta le boulevard mais au lieu de tourner en direction du quartier résidentiel, il roula jusqu'à la bifurcation qui conduisait au fleuve. Il s'arrêta devant un débit de tabacs et de journaux, dont l'odeur emplissait le magasin quand il entra. En attendant que les deux clients avant lui soient servis, il regarda les pipes exposées dans une vitrine. Puis il acheta un paquet de cigarettes. Dans la rue, en remontant dans sa voiture, il avait l'impression de sentir encore le parfum du papier et du tabac, comme s'il avait adhéré au tissu de sa veste et à sa peau. L'espace d'un instant, il envia l'homme installé derrière son comptoir, dans la salle étroite, rappelant une grotte, qu'il ne quitterait pas jusqu'au soir, au milieu des étagères où s'empilaient les paquets de cigarettes et des présentoirs chargés de journaux et d'illustrés. Il remonta la rue menant à la levée, trouva une place pour se garer et descendit de voiture. Après avoir traversé la rue, il contempla le fleuve entre ses rives protégées par des digues. Il marcha sur l'herbe de la levée et s'accroupit au bord de l'eau sur les pierres jointoyées avec du goudron. Il ne savait pas pourquoi il s'était rendu à cet endroit – peut-être parce qu'il avait cru, dans son enfance, que les fleuves pouvaient répondre aux questions. Sur le pont de la péniche qui passait devant lui, il aperçut une voiture près de la cabine et des montagnes de sable dans les cales ouvertes. Du linge était étendu sur une corde, en plein vent, mais les occupants du bateau étaient invisibles. Markus jeta une pierre dans l'eau. Il suivit des yeux la péniche qui se rapprochait des ponts puis il se leva. Il sentait monter en lui une colère qu'il ne parvenait pas à comprendre et dont il aurait voulu se débarrasser comme d'un insecte importun.

Après avoir garé sa voiture dans la Kurfürstenallee, il se dirigea vers la villa. Selma Bruhns ouvrit la porte, comme si elle l'avait épié à travers une fente des rideaux hermétiquement clos, et elle le regarda approcher. Elle tenait dans ses bras un jeune chat, lequel en éprouvait manifestement un vif déplaisir. Tout en parlant à Markus, elle caressait la tête de l'animal, qui essayait en vain d'échapper à cette démonstration d'affection.

« Quand aurez-vous terminé votre travail ? » demanda-t-elle.

Markus s'était immobilisé sur la première marche du perron. Il leva les yeux vers elle, mais évita de rencontrer son regard. Elle portait ce jour-là, au lieu de sa robe rouge, un peignoir si délavé qu'on ne distinguait presque plus ses couleurs. Ses cheveux n'étaient pas coiffés et ses pieds étaient chaussés de babouches pour le bain. Markus crut sentir dans ses paroles une impatience qu'elle lui avait cachée jusqu'alors. Il hésita avant de répondre, comme s'il voulait d'abord deviner ce qu'elle souhaitait entendre.

« Je ne sais pas », dit-il.

Il fut pris au dépourvu quand elle lui lança brusquement le chat, qu'il reçut en pleine poitrine et qui serait tombé par terre si Markus n'avait eu le réflexe de l'attraper au vol.

« Vous travaillez avec lenteur et sans concentration », déclara Selma Bruhns avant de se détourner et de rentrer dans la maison.

Markus se pencha et lâcha la petite bête, qui resta un instant figée sur place, comme s'il lui fallait du temps pour retrouver ses repères, puis descendit l'escalier en courant. Il ramassa son cartable, se redressa et pénétra dans la villa à la suite de Selma Bruhns.

« Ce n'était pas ma femme », dit Berger.

Ils sont entrés dans le restaurant chinois et se sont assis à une table, face à face. Le serveur a pris leur commande et leur apporte maintenant le potage.

« C'est ma fille qui est morte. »

Markus a plongé sa cuiller dans son bol de soupe mais n'ose pas la porter à sa bouche. Le commissaire continue de parler, raconte qu'elle était beaucoup trop jeune pour mourir ainsi d'un cancer, qu'elle ne fumait pas et était très attentive à son alimentation, qu'elle faisait du sport et que même son travail – elle était professeur – était pour elle moins un fardeau qu'une source de satisfaction et de reconnaissance. La maladie avait éclaté comme un coup de tonnerre dans leur vie, elle les avait pris de court. Seule sa fille s'était comportée dès le début comme si cette maladie lui était venue après qu'elle l'eut longtemps attendue.

Berger se tait et commence à manger sa soupe. Comme elle est brûlante, il l'aspire bruyamment en approchant la cuiller de ses lèvres. Markus mange également, mais il lui semble que la nourriture n'a aucun goût. Malgré le silence du commissaire, il a l'impression d'entendre encore sa voix qui paraissait presque indifférente, comme s'il dictait un rapport pour ses dossiers.

« Je suis désolé, dit-il parce qu'il a le sentiment de devoir dire quelque chose.

— Vous n'avez pas besoin d'être désolé, assure Berger en repoussant son bol vide. Savez-vous ce qu'elle a dit en mourant ? »

Le serveur s'approche de leur table, enlève les bols et allume les flammes sous le chauffe-plat avant de repartir.

Le commissaire se renverse dans sa chaise et détourne ses yeux de Markus pour regarder par la fenêtre tout en parlant encore, du même ton froid. Il raconte qu'il avait surtout souffert de la résignation de sa fille, de sa bienveillance tranquille envers la maladie. Son attitude l'avait désemparé, et rempli d'une telle colère qu'il tapait du poing contre le mur quand il était seul.

Le serveur revient pour poser les mets sur le chauffe-plat, disposer les assiettes déjà chaudes, les couteaux, fourchettes et cuillers près de leurs serviettes, et Berger se tait de nouveau. Markus soulève le couvercle du bol de riz et remplit son assiette avant de tendre le bol à son vis-à-vis. Il attend que celui-ci se soit servi en riz et en viande et ait amoncelé des épices rouges au bord de son assiette pour commencer à manger. Ses yeux sont fixés sur la nourriture, il ne se sert que de sa fourchette et sa main gauche gît oisive à côté de son assiette. Les deux hommes mangent en silence. De temps en temps, Berger attrape son verre et boit bruyamment. Markus porte machinalement sa fourchette à sa bouche, il lui semble qu'il n'a pas le droit de s'arrêter avant d'avoir vidé son assiette, même s'il a perdu tout appétit au bout de quelques bouchées. Il espère que le commissaire ne va pas reprendre la parole, troubler derechef le silence de sa voix monocorde que Markus commence à redouter. Berger mange jusqu'à ce que le plat de viande et le bol de riz soient vides. Après avoir repoussé son assiette, il plie sa serviette, boit une dernière gorgée de bière et repose son verre avec précaution sur son rond avant de se renverser de nouveau dans sa chaise.

« En mourant, juste avant qu'elle ne cesse de respirer, elle a dit : Je suis d'accord. »

Berger saisit le cure-dents et fourrage dans ses incisives sans prendre la peine de mettre sa main devant sa bouche. Markus détourne le regard. Il cherche ce qu'il pourrait bien dire, comme s'il fallait absolument qu'il parle, et il se sent soulagé quand le serveur vient débarrasser leur table.

« Selma Bruhns a été étranglée avec son écharpe de soie blanche », déclare le commissaire sans changer le ton de sa voix.

Il se lève avec une prestesse qui surprend Markus, traverse la salle, où ils sont les seuls clients en dehors de deux hommes assis à une table éloignée, et ouvre la porte des toilettes. Après que le serveur est revenu pour leur apporter des cafés, après que les deux hommes d'affaires ont rassemblé leurs affaires et ont quitté le restaurant, Markus repousse sa chaise en arrière, allume une cigarette et renverse sa tête sur le dossier, en contemplant le plafond décoré de motifs sculptés en bois. Il ferme les yeux et voit Glowna se diriger vers lui avec un sourire aimable, en se dandinant légèrement, il se rapproche, si près que Markus pourrait le toucher. Il voit Christine assise à la table de la cuisine, occupée à emballer dans du papier d'aluminium le sandwich qu'elle veut lui donner à emporter. Puis Berger s'avance vers lui, le prend par le bras et le force à se lever en le serrant si fort contre lui qu'il ne peut plus respirer. Il voit la photographie qu'il a prise sur le bureau du commissaire, le visage de Selma Bruhns aux yeux mi-clos et à la bouche tordue en un rictus ironique, il voit un chat sauter dans la photographie, se percher sur l'épaule de la morte et lover sa tête contre l'oreille que les cheveux laissent à découvert.

« Levez-vous. »

Markus ouvre les yeux. Berger est debout près de la table.

Chère Almut,

Le soleil s'est couché et l'obscurité de l'autre côté des fenêtres semble protéger la maison, comme si elle avait besoin d'être gardée. Les ténèbres recouvrent aussi l'eau d'une chape protectrice d'où je n'entends monter que la rumeur des vagues se brisant sur la plage. Je suis assise à mon bureau et voici ma troisième tentative pour t'écrire cette lettre, après deux autres que j'ai déchirées et jetées au panier parce qu'il me semblait que mes mots seraient incapables de t'atteindre. Tu es si loin de moi, aujourd'hui, et je me demande si c'est toi qui t'es détournée de moi ou moi-même qui n'ai plus la force de surmonter l'éloignement ne cessant de s'approfondir entre nous dans le temps et dans l'espace. Depuis que Herbert est mort et qu'on n'entend plus que mes pas dans cette maison, j'ai de plus en plus le sentiment de n'être pas chez moi ici, comme si lui seul avait été capable de m'y retenir et comme si plus rien ne m'obligeait à rester, puisqu'un masque de mort a figé son sourire qui était à la fois indulgent, patient et consolateur, même si je suis restée pour lui une étrangère. Je vais partir, Almut, m'embarquer sur le même bateau qui m'a amenée, comme si je voulais effacer ma fuite et vaincre mon ennemi mortel, le temps.

Deux jours après la mort de Herbert, un chat est entré dans la maison. Il me suit de pièce en pièce et je crois entendre la rumeur assourdie de ses pattes sur le parquet. Quand il saute sur mes genoux et se blottit dans mes bras, quand je sens la chaleur de son corps qui semble ne rien peser et dont le cœur bat sous sa fourrure, sa confiance me fait peur, comme si je ne l'avais pas méritée. Te souviens-tu, Almut – j'écris ces quatre mots comme s'ils étaient une formule magique –, toi aussi souvent tu te blottissais dans mes bras, au temps où nous étions encore assez jeunes pour ne pas redouter les caresses.

Tu te mettais à me raconter les histoires que tu t'inventais la nuit, quand tu ne parvenais pas à dormir – ton sommeil a toujours été troublé. J'ai réussi à te convaincre de les écrire. Tes histoires, qui au début étaient brèves et tenaient souvent en quelques mots, sont devenues de plus en plus longues et complexes, comme si finir leur était – ou t'était – insupportable, comme si à travers elles tu voulais, comme moi maintenant, vaincre le temps. Mais un beau jour tu as porté dans la cour les cahiers à la reliure bleue et au papier quadrillé Tu as fait fondre une bougie, répandu la cire sur les cahiers et tu y as mis le feu, sans que mes prières ni ma colère puissent t'en dissuader.

À la mort de Herbert, je me suis rendu compte que mon deuil n'était guère qu'une impression de vide, d'où tout sentiment et toute image étaient absents, un vide qui me réduisait au silence car ma voix y résonnait, et cette voix me remplissait d'angoisse, comme si c'était moi qui étais morte alors que j'étais restée en vie. Peut-être mon départ est-il une fuite devant la froideur qui recouvre mes pensées d'une mince couche de glace, de sorte que l'espace où j'évolue, fût-il aussi vaste que le salon d'apparat de ma maison, ne cesse de se rétrécir.

Je n'ai pas donné de nom au chat, afin qu'il ne risque pas de m'appartenir. Je l'apporterai à cette femme dont je t'ai parlé, qui fait sécher son linge sur son balcon et a réussi à attirer dans son appartement le rire d'un enfant. Le chat est jeune, il aura vite fait de s'abandonner à des mains enfantines.

J'ose à peine terminer cette lettre, comme toi quand tu écrivais tes histoires. Il me semble que plus rien ne m'attendra, une fois que j'aurai reposé mon stylo, en dehors de la rumeur d'un chat marchant sur le parquet.

La porte s'ouvrit. Il leva les yeux et l'aperçut, immobile dans l'embrasure de la porte. La clarté du vestibule envahit le cagibi de sorte qu'il ne distingua d'abord que sa silhouette à contre-jour. Quand ses yeux se furent habitués au changement de lumière, il vit qu'elle portait de nouveau sa robe rouge, que ses cheveux étaient peignés et qu'elle avait troqué ses babouches pour ses bottines à lacets. Comme il ne voulait pas rester accroupi par terre devant elle, il se leva sans reposer les feuillets qu'il avait à la main. Il fit un pas en arrière pour s'adosser au mur, comme si le cagibi était devenu plus étroit encore depuis qu'elle était sur le seuil et lui barrait le passage. Elle n'entra pas mais le regarda en silence, comme si elle lui avait posé une question.

« Demain », dit Markus.

Elle s'avança vers lui qui, ne pouvant reculer, leva instinctivement les bras et les croisa devant sa poitrine. Au moment de le rejoindre, elle se détourna vers les caisses, dont deux étaient vides tandis que la troisième était encore à moitié remplie de papier jauni.

« Pourquoi avez-vous peur de moi ? » dit-elle sans que son intonation révèle en rien qu'il s'agît d'une question.

Markus ne répondit pas. Il n'y mettait pas de mauvaise volonté, et ne se sentait pas pris au dépourvu par sa question. S'il se taisait, c'était parce qu'il ne savait pas si effectivement il avait peur d'elle.

Elle ne semblait pas s'attendre à une réponse, du reste, et se dirigea vers la porte. Elle n'avait que deux pas à faire, mais avant qu'elle eût quitté le cagibi Markus entendit des accords plaqués sur le piano installé dans la pièce de devant, puis une série de gammes rapides couvrant toutes les octaves du clavier. Il sursauta, car il croyait être seul avec elle dans la maison, et laissa échapper les lettres qu'il tenait à la main.

Aujourd'hui, on est venu chercher pour le transporter au port le piano que Herbert m'avait offert. Il avait eu l'idée de ce cadeau après un moment de faiblesse, dont je me suis repentie, durant lequel je lui avais parlé de nous, de la salle de musique où avaient lieu nos leçons. Je lui avais raconté que les jours où l'accordeur venait, tu restais assise près de lui jusqu'à ce qu'il eût terminé, comme si tu voulais entendre et contrôler chaque son.

Selma Bruhns, qui s'était arrêtée sur le seuil et le regardait, s'avança de nouveau vers lui, se pencha et ramassa les feuillets. Elle les tendit à Markus, qui les prit avec un geste machinal.

« Demain, c'est entendu », dit-elle en sortant.

Il s'accroupit de nouveau sur le sol. Il voulait continuer son travail qui, au bout de ces cinq jours passés dans la villa de Selma Bruhns, lui posait toujours autant de problèmes. Les lettres ne cessaient de lui glisser des mains, leurs dates étaient souvent estompées au point que certaines étaient bel et bien indéchiffrables et qu'il devait se résoudre à les classer arbitrairement. Il épiait les sons errant à travers la maison sans s'ordonner en harmonies ou esquisser une mélodie, comme s'ils étaient les fruits du hasard. Il savait que ce n'était pas elle qui jouait. Il se leva et quitta le cagibi. Bien qu'il fût tenté de traverser la pièce à la cheminée, de pousser la porte coulissante et de jeter un coup d'œil dans la salle de devant pour savoir qui semblait ainsi occupé à soumettre le piano à un examen approfondi, il passa en hâte dans le vestibule, de peur de la rencontrer, et sortit de la maison. Après avoir traversé en courant le jardin, il rejoignit sa voiture et se rendit dans le centre-ville. Il se gara dans une petite rue et marcha jusqu'au café de la place du marché, où il s'assit sur une des chaises en plastique blanc. En attendant le café qu'il avait commandé, il ouvrit son cartable, en sortit son carnet qu'il posa sur ses genoux, prit un stylo à bille dans la poche de sa veste et le garda à la main, comme sur le point d'écrire. Une jeune femme lui apporta son café. Il paya et considéra les maisons se dressant de l'autre côté de la place. Il n'arrivait pas à se décider à écrire une phrase dans le carnet. Il comprit soudain ce qui l'avait poussé à venir ici, à parcourir des yeux toutes les tables quand il s'était approché du café : il avait espéré y trouver Rufus, même s'il ne savait pas ce qu'il aurait pu lui dire.

Il saisit le carnet, le fourra dans son cartable, se leva et retourna à sa voiture en marchant de plus en plus vite, comme s'il craignait que Selma Bruhns n'eût remarqué son absence et restât tapie derrière une des fenêtres condamnées, à épier son retour par une fente des rideaux.

Quand il ouvrit la porte d'entrée et pénétra dans le vestibule, cependant, la maison semblait déserte. Il s'immobilisa un instant avec le sentiment qu'il manquait quelque chose, il n'aurait su dire quoi – jusqu'au moment où il aperçut le rectangle clair se dessinant sur le papier du mur, là où il avait l'habitude de voir le portrait du vieillard.

Tout était silencieux. Markus ne retourna pas dans le cagibi. Il traversa la pièce à la cheminée, se dirigea vers la porte coulissante à moitié ouverte et se figea sur le seuil. Devant les fenêtres, l'emplacement où se trouvait naguère le piano était vide.

Berger roule vite. Quand il approche d'un feu rouge, il ne passe qu'au dernier moment en seconde et appuie sur la pédale du frein tandis que Markus, assis à côté de lui, doit se retenir au tableau de bord pour ne pas perdre l'équilibre. Après qu'ils ont quitté le restaurant chinois, il n'a pas demandé au commissaire où ils allaient. Il s'est contenté de s'asseoir en silence dans la voiture et d'observer Berger se hissant sur son siège et manœuvrant non sans difficulté pour sortir du parking.

« Que savez-vous de sa maison ? » demande le commissaire en tournant dans une rue de banlieue où des pavillons à un étage s'alignent devant les prairies dont ils marquent la frontière.

Il s'arrête devant une des maisons et coupe le moteur, mais il reste derrière le volant, sans faire mine de descendre. Markus, qui est lui aussi immobile, se souvient du coup qu'il a reçu et se prépare à éviter une nouvelle attaque. Berger se tourne alors vers lui et le regarde en plissant des yeux où Markus croit apercevoir une lueur ironique, comme lors de l'interrogatoire matinal dans son bureau.

« Je suis désolé. J'ai perdu patience », dit Berger.

Il ouvre la portière et descend de voiture. À travers le pare-brise, Markus l'observe tandis qu'il s'appuie sur le garde-boue et relève le col de sa veste.

Lorsqu'il sort à son tour et que les deux hommes se regardent de nouveau par-dessus le toit de la voiture, Markus lance spontanément, sans s'y sentir forcé : « Moi aussi, je suis désolé. »

Berger hoche la tête, comme s'il s'attendait à ces mots, puis lui désigne le pavillon se dressant derrière eux et s'engage sur le chemin dallé au milieu du gazon. Markus reste figé à côté de la voiture.

« Vous habitez ici ? »

Berger a tiré de sa poche de pantalon un trousseau avec lequel il ouvre la porte du pavillon.

« Oui, j'habite ici », confirme-t-il.

Il n'a pas élevé la voix, mais Markus a compris et se dirige vers lui. Ils pénètrent ensemble dans un couloir étroit. Une porte en verre dépoli laisse entrer une lumière si faible qu'on distingue à peine dans la pénombre les photographies accrochées aux parois.

« Attendez-moi ici », dit le commissaire en ouvrant une porte devant laquelle il s'efface en lui faisant signe d'entrer.

Markus passe devant lui, et Berger referme la porte dans son dos. Devant la fenêtre donnant sur une pelouse dont une allée de gravier fait le tour, se trouve un bureau sur lequel Markus aperçoit un sous-main vert et plusieurs livres empilés. Une coupe abrite un crayon, un stylo à bille et une gomme. Un fauteuil en cuir muni de roulettes trône devant le bureau. Les murs sont couverts jusqu'au plafond de rayonnages de livres, à l'exception de celui près de la fenêtre, auquel est accroché un tableau. Avant même de découvrir la pipe dans le cendrier de verre, Markus sent l'odeur miellée du tabac. Il n'ose pas s'asseoir sur le canapé de cuir et préfère rester debout en essayant d'imaginer le commissaire dans cette pièce, assis au bureau en fumant la pipe, occupé à feuilleter un des livres qu'il a sortis des rayonnages et posés à portée de main sur la table. Il ne sent pas le temps passer, ce n'est qu'au moment où Berger entre à son tour qu'il a l'impression d'avoir longtemps attendu.

« Que savez-vous de sa maison ? »

Le commissaire répète la question qu'il a posée dans la voiture et qui est restée sans réponse. Il s'est changé et porte maintenant un costume sombre avec une chemise blanche. Il s'assied sur le canapé en croisant les jambes, ce qui les fait paraître encore plus courtes, et il tend la main, comme pour toucher Markus.

« Asseyez-vous. »

Markus peut soit prendre place à côté de Berger, soit s'asseoir sur le fauteuil du bureau. Il hésite, comme s'il craignait de commettre un impair, puis se décide à placer le fauteuil en face du commissaire. En s'asseyant, il sent le dossier basculer légèrement vers l'arrière et il se penche en avant dans sa surprise, en effleurant au passage la main tendue de Berger.

« Lors de l'automne mil neuf cent quarante, la famille Bruhns dut abandonner sa maison, commence le commissaire après que Markus s'est redressé. La villa fut réquisitionnée et servit de bureau auxiliaire de la Gestapo jusqu'à la fin de la guerre. »

Berger, qui a l'air distant dans son nouveau costume, se renverse en arrière et contemple les livres pendant que Markus attend qu'il continue.

Comme si cette fois il ne pouvait supporter le silence qu'il avait dû endurer si longtemps dans le bureau du commissaire, Markus lance : « Et la famille, qu'est-elle devenue ? »

Berger ne répond pas tout de suite mais passe la main comme un peigne sur sa tête.

« Ils ont dû se rendre dans ce qu'on appelait un foyer pour Juifs, lequel fut vidé dès les premières déportations, reprend-il d'une voix où Markus ne retrouve aucune trace du ton hostile avec lequel il avait parlé de sa fille. Mais

Selma Bruhns ne vous a donc pas raconté tout cela ? »

Berger s'incline en avant et le regarde. Il pose sa main sur le genou de Markus.

« Nous allons nous rendre tranquillement chez elle. Une fois là-bas, peut-être m'apprendrez-vous ce que Selma Bruhns vous a dit. »

Au lieu de se lever, cependant, il fixe sur Markus un regard plein tout à la fois d'espoir, de retenue et d'attention. Markus ne détourne pas les yeux mais éprouve soudain l'envie de voir le commissaire prendre sa pipe dans le cendrier de verre, la bourrer et l'allumer.

« Après la guerre, la maison a servi quelque temps d'hôpital de fortune, avant de devenir pendant deux ans un foyer pour orphelins de guerre. Ensuite elle est restée vide, jusqu'au jour où Selma Bruhns est revenue et où la villa lui fut restituée. »

Markus avait travaillé longtemps. Accroupi dans le cagibi sans fenêtre, il ne s'aperçut pas que la nuit tombait. Au-dessus de sa tête, la lumière de l'ampoule qui dessinait des ombres sur le sol était restée inchangée.

« Suivez-moi. »

Il s'était habitué à ne pas l'entendre approcher, à la voir ouvrir la porte du cagibi à l'improviste, après avoir traversé le vestibule d'un pas peut-être volontairement silencieux, afin de vérifier s'il était bien au travail. Il se leva et fit mine de lui remettre la dernière pile de lettres qu'il avait classées ce jour-là, mais elle répéta son invitation sans prendre les feuillets qu'il lui tendait puis se détourna et sortit dans le vestibule. Il la suivit en hésitant, attentif à ne pas laisser tomber les lettres qu'il tenait dans ses mains, ce qui aurait anéanti d'un coup le fruit de ses dernières heures de labeur. Ils s'avancèrent dans l'étroit couloir menant à la cuisine et sortirent dans la cour.

« Vous m'avez espionnée ? »

Selma Bruhns s'approcha de lui, prit les lettres et les posa par terre. Étonné par sa question, Markus garda le silence. Il prit soudain conscience de l'obscurité en voyant la clarté provenant de la porte ouverte de la cuisine découper sur le sol un rectangle lumineux où Selma Bruhns se tenait en tournant le dos à la porte, de sorte qu'il ne pouvait voir son visage.

« Vous vivez seul ? »

En entendant sa voix, il eut l'impression qu'elle ne s'adressait pas à lui mais à quelqu'un d'autre qui se cachait dans les ténèbres.

« Je vis avec une femme », dit-il.

Il n'avait pas terminé sa phrase qu'il aurait voulu ne jamais l'avoir prononcée.

« Vous êtes heureux ? »

Dans sa bouche, cette question sonnait comme une provocation. Sans s'inquiéter qu'il ne répondît pas, elle sortit une boîte d'allumettes de la poche de sa robe.

Elle s'avança vers lui et déclara en lui tendant la boîte : « Puisque vous m'avez épiée et que vous savez ce que je fais dans cette cour, ce soir, c'est vous qui allez brûler les lettres. »

Markus recula d'un pas et croisa instinctivement les bras derrière son dos.

« Pourquoi le ferais-je ? » demanda-t-il d'une voix mal assurée.

Selma Bruhns sortit du rectangle que la lumière dessinait sur les dalles de la cour et Markus ne put qu'essayer de deviner où elle se trouvait.

« Non », dit-il.

Le mot lui coûta plus d'effort qu'il ne s'y attendait. Il vit une allumette s'enflammer dans les ténèbres. Selma Bruhns réapparut dans le halo lumineux, se pencha et approcha l'allumette du tas de papier cassant, desséché par les années, qui prit feu aussitôt. La flamme jaillit, et Markus vit l'ombre et la lumière danser sur son visage. Il crut apercevoir un sourire sur ses lèvres, mais il n'en était pas certain. La flamme diminua et s'éteignit. Selma Bruhns écrasa les cendres avec ses bottines.

« Avant de partir, ayez donc l'obligeance de passer dans ma chambre. »

Elle sortit de la lumière, et Markus la vit se diriger comme une ombre vers la porte de la cuisine. Resté seul dans la cour, il s'approcha de l'escalier menant à la terrasse et s'assit sur la première marche. Il entendit au loin les chats s'agiter dans les buissons du jardin. En se levant, il sentit que ses jambes lui faisaient mal après toutes ces journées passées accroupi dans le cagibi. Il se dirigea lentement vers la lueur délimitée par la porte de la cuisine. Il s'avança dans la maison, ses yeux se réhabituaient à la clarté. Arrivé dans le vestibule, il s'arrêta, ne sachant s'il devait retourner dans le cagibi ou obéir sur-le-champ à son invitation à la rejoindre dans sa chambre. Avant qu'il ait eu le temps de prendre une décision, cependant, la porte de la chambre s'ouvrit. Immobile sur le seuil, Selma Bruhns garda une main sur la poignée tandis qu'elle caressait de l'autre l'étoffe de sa robe, en un geste qui rappela à Markus la jeune fille de la photographie.

« Venez », dit-elle à voix basse.

Elle s'écarta et Markus aperçut par la porte ouverte le canapé sous le halo lumineux du lampadaire. D'un pas hésitant, il entra en prenant garde à ne pas la toucher au passage. Aussitôt, il fut saisi par la chaleur artificielle régnant dans la pièce. Il fit deux pas et s'arrêta. Derrière lui, Selma Bruhns referma la porte.

« Regardez-moi », dit-elle en passant devant lui pour s'asseoir dans un fauteuil revêtu de tissu vert.

Elle croisa ses jambes et posa ses mains sur ses genoux. Markus remarqua soudain le radiateur électrique près du canapé.

« Auriez-vous envie de jouer avec moi ? » demanda Selma Bruhns.

Sa voix était plus douce qu'à l'ordinaire. Markus fit un pas en avant mais ne put se décider à s'asseoir. Il regarda le mur derrière sa silhouette qui semblait attendre paisiblement. Il vit un tableau dans la pénombre, une femme tenant dans ses mains une balle ou un globe, comme la statuette qu'il avait découverte dans le jardin.

« Ce jeu est d'une simplicité enfantine », dit-elle en fouillant dans la poche de sa robe.

Elle brandit un paquet de cartes qu'elle posa sur la table basse placée près de son siège. Lorsque Markus s'assit enfin, il sentit la chaleur du radiateur sur ses jambes. Il la regarda sortir les cartes de l'étui en carton et les répartir en deux tas après les avoir battues d'une main experte, comme si elle jouait à ce jeu tous les soirs. Elle ramassa l'un des tas et poussa l'autre en direction de Markus.

« Les cartes ne sont pas mon fort, dit Markus.

— Nous devons tirer chacun une carte », expliqua-t-elle sans se soucier de son objection.

Sa voix était impatiente, elle semblait avoir hâte d'en finir avec ce jeu qu'elle avait elle-même proposé.

« Il y a trois manches. Celui qui tire à deux reprises la carte la plus forte a gagné. »

Elle parlait de plus en plus vite, et arrivée aux derniers mots sa voix avait perdu toute trace de cordialité. Markus, qui ne la regardait pas, dut réprimer son envie de se lever et de quitter cette chambre et cette maison. Il n'essaya même pas de deviner pourquoi elle l'avait fait venir dans sa chambre et lui avait demandé defaire cette partie dont le sens lui échappait, mais à cause justement de cette ignorance où il était plongé, peut-être, il avait le sentiment d'un danger.

« Je commence », lança-t-elle.

Elle tira une carte et la posa sur la table : « C'est un roi. »

Incapable de dissimuler le tremblement de ses mains, Markus tira à son tour une carte. Un valet. Aussitôt, Selma Bruhns tira sa seconde carte. Un sept. Markus posa sa propre carte avec la même précipitation, pour ne pas avoir le temps de réfléchir à ce qu'ils étaient en train de faire. Un dix.

« La troisième carte sera décisive ! » s'exclama-t-elle.

Markus crut entendre dans ses paroles comme une note de triomphe.

« Tirez le premier. »

Il alla chercher au milieu de son jeu la troisième carte. Une dame. Elle posa sa carte à côté, sur la table.

« Un as.

— Vous avez gagné », constata Markus.

Sa voix était soulagée, comme s'il se réjouissait d'avoir perdu cette partie.

— Je gagne toujours », dit Selma Bruhns.

Le sixième jour

Ils traversent le jardin pour rejoindre la maison de Selma Bruhns.

Avant de partir, Berger a endossé par-dessus son costume un manteau qui lui descend jusqu'aux chevilles et où sa petite silhouette disparaît tout entière. Durant le trajet jusqu'à la Kurfürstenallee, le commissaire a gardé le silence, comme s'il devait se concentrer pour trouver son chemin. Il roulait si lentement que les voitures derrière lui se sont mises à klaxonner, et il est reparti alors à une telle vitesse qu'il n'avait pas le temps de freiner à temps aux croisements. Pendant ce temps, Markus essayait de deviner pourquoi Berger l'avait amené chez lui, dans le bureau où sa pipe reposait dans le cendrier en verre. Ils avaient de nouveau ralenti sur le boulevard, du fait de la circulation. Le commissaire avait lâché le volant et s'était renversé sur son siège.

Il demanda à Markus, sans le regarder : « Si les conditions de vie de cette femme étaient si pitoyables, pourquoi ne vous êtes-vous pas adressé aux services compétents dans ce genre de situation ? »

Markus a observé la file de voitures progressant lentement devant eux, comme s'il avait besoin de temps pour répondre ou pour se décider à répondre.

« Ses conditions de vie n'avaient rien de pitoyable. »

Après le carrefour, Berger a pu accélérer de nouveau.

« Pensez-vous qu'elle jouissait de toutes ses facultés mentales ? »

Bien qu'il eût les yeux fixés sur la route, il ne changea de voie qu'au dernier moment afin de pouvoir obliquer dans le quartier résidentiel. Markus n'avait pas compris s'il avait posé cette question pour apprendre quelque chose au sujet de Selma Bruhns ou pour découvrir ce que Markus lui-même pensait d'elle.

« Oui, finit-il par répondre.

— Les membres de sa famille ont été séparés. Le père a été déporté à Auschwitz. Les deux femmes sont allées à Treblinka. »

Peut-être Berger n'avait-il posé les questions précédentes que pour le préparer à cette annonce. Depuis qu'il s'était rendu chez lui, Markus avait l'impression que la voix du commissaire avait changé.

« Quelles femmes ? »

Berger s'était garé devant la maison de Selma Bruhns.

« Sa mère et sa sœur. »

Il avait ouvert la portière et était descendu de voiture.

En arrivant devant la porte d'entrée, Markus voit les scellés qui en interdisent l'accès : une bande de papier avec un cachet collée en travers de l'ouverture. Le commissaire sort une clef de la poche de son manteau, l'introduit dans la serrure et ouvre en brisant les scellés au passage.

« Sa sœur s'appelait Almut », dit Markus avant de pénétrer dans la maison.

Berger referme la porte. Ils gravissent les quelques marches menant au vestibule et s'arrêtent dans la pénombre où les fenêtres toujours condamnées plongent l'escalier. Markus épie la rumeur des bêtes, qui occupent peut-être encore l'étage et risquent à tout instant d'arriver en courant. Face au commissaire, il se demande si ce dernier, même s'il n'a jamais formulé ses soupçons, ne l'a pas ramené en ces lieux dans l'espoir de lui arracher des aveux.

« Les chats qui étaient malades ont été supprimés. Les autres ont été confiés à un refuge », dit Berger.

Il fait un pas en avant et pose la main sur le mur du fond, en effleurant le rectangle clair se dessinant sur le papier.

« Un tableau était accroché à cet emplacement, reprend-il. Le portrait d'un vieil homme. Elle l'a vendu pour se procurer l'argent dont vous prétendez qu'elle vous a fait cadeau. »

Il se dirige vers la porte de la chambre où Selma Bruhns habitait mais il ne l'ouvre pas, bien que sa main soit déjà sur la poignée.

« C'est ici qu'on l'a trouvée », dit-il.

Sans un regard pour Markus, comme s'il ne lui avait pas adressé la parole, il se dirige vers l'escalier et s'assied sur la première marche.

« L'avez-vous épiée lorsqu'elle a rangé l'argent et avez-vous alors essayé de voler la mallette ? Vous a-t-elle surpris, avez-vous perdu la tête et serré l'écharpe blanche autour de son cou jusqu'à ce qu'elle ne respire plus ? »

Markus a l'impression de pouvoir respirer plus librement, maintenant que Berger a clairement formulé son soupçon.

« Qui était le vieil homme du portrait ? demande-t-il.

— Le père de Selma Bruhns. Avant qu'elle revienne, le tableau a fait partie des collections du musée de la ville », répond le commissaire en se relevant.

Markus alluma une cigarette et appuya sa tête contre l'armature du lit, de façon à pouvoir regarder par-dessus la couette le mur de la chambre. À l'aide de punaises, Christine avait fixé un poster sur la tapisserie. Il écrasa sa cigarette, mais hésita encore à se lever.

En rentrant, le soir précédent, il avait trouvé sur la table de la cuisine un mot de Christine. Elle lui annonçait en une phrase, sans donner de motif, qu'elle allait passer la nuit chez une amie. Il avait déchiré le papier et jeté les morceaux à la poubelle. Puis il s'était rendu dans le séjour, pour chercher dans l'annuaire le numéro de l'amie chez qui se trouvait Christine.

Après avoir composé le numéro et attendu en vain que quelqu'un réponde, il avait raccroché. Il avait décroché de nouveau avec précipitation, comme pour s'empêcher de réfléchir à ce qu'il faisait, et avait appelé les renseignements.

« Selma Bruhns, avait-il dit. Elle habite sur la Kurfürstenallee. »

Au bout d'un moment, la voix impersonnelle l'avait informé qu'il n'existait pas de numéro correspondant à ce nom et à cette adresse, à moins qu'il ne s'agît d'un abonné en liste rouge, dont il était impossible de communiquer le numéro. Il avait mal dormi, cette nuit-là.

Quand Markus était arrivé devant la villa, plus tard qu'à l'ordinaire, il avait trouvé porte close. Comme il n'y avait pas de sonnette, il avait frappé. Il essaya deux fois, puis renonça et descendit les marches du perron. Il leva les yeux, comme s'il espérait lavoir apparaître à l'une des fenêtres. Lorsqu'un chat noir et blanc surgit des broussailles et s'engagea furtivement sur le sentier longeant la maison, il lui emboîta le pas. Il rejoignit la cour, où les cendres formaient encore une tache sombre. La porte de la cuisine était entrebâillée. Il regarda un chaton qui se glissa par l'entrebâillement, s'immobilisa dans la cour en tournant la tête vers la lumière puis se dirigea vers lui. Markus se baissa et le prit dans ses bras. Au début il se laissa faire, mais ensuite il se débattit et ses griffes s'enfoncèrent dans les mains de Markus, où elles laissèrent des marques minuscules. Il maintint fermement les pattes du chaton et pénétra dans la cuisine.

« Madame Bruhns ! »

En entendant résonner sa voix, il lui sembla que la maison était vide. Il continua pourtant d'avancer, en serrant le chaton contre lui, et parvint dans la pièce lumineuse donnant sur le jardin et qui avait abrité naguère le piano.

« Madame Bruhns ! »

Il revint lentement sur ses pas et ne relâcha le chaton qu'arrivé dans la cour, où il le posa avec précaution. Puis il fit le tour de la maison et retourna dans la rue. Il resta un moment près de sa voiture, indécis, et bien qu'il eût déjà sorti sa clef de sa poche, il finit par se diriger vers la cabine téléphonique.

Il composa le numéro.

« Pourrais-je parler à Mme Baumann ? »

Après un instant d'attente, il entendit la voix de Christine.

« Tu es retourné chez elle ? » demanda-t-elle.

Il ne répondit pas tout de suite.

« Markus...

— J'en aurai fini avec ce travail dès aujourd'hui », dit-il.

Il avait l'impression de devoir se justifier devant elle, ce qui le décontenançait car il n'en voyait pas la raison.

« Tu seras à la maison, ce soir ? »

En prononçant ces mots, il se rendit compte qu'il n'était allé téléphoner que pour poser cette question.

« Et toi ? Seras-tu à la maison ? dit-elle. Te lèveras-tu de nouveau en pleine nuit pour lire ses lettres ?

— Je serai à la maison. »

Christine se tut. Il entendit en arrière-plan une voix d'homme prononcer d'une voix forte une phrase incompréhensible.

« Je serai là, Markus », dit-elle en raccrochant avant qu'il ait eu le temps d'ajouter un mot.

Il sortit de la cabine mais fut rappelé à l'ordre par une sonnerie stridente, car il avait oublié sa carte téléphonique dans l'appareil. En revenant, il vit passer un taxi qui s'arrêta devant la maison de Selma Bruhns. Elle en sortit, vêtue d'un manteau clair qui n'était pas assez long pour dissimuler sa robe rouge. Elle tenait à la main la mallette noire qu'il avait achetée. Le temps qu'elle se penchât pour payer le chauffeur, il l'avait rejointe. Elle le regarda en se redressant, sans paraître étonnée le moins du monde, et lui tendit la mallette.

« Portez-la dans la maison », lança-t-elle en ouvrant le portail avant de se diriger vers la villa.

Le taxi fit demi-tour et redescendit la Kurfürstenallee.

Chère Almut,

Un mot à la hâte. Le cargo qui me ramène approche de la côte. Les lueurs des phares et des balises le guident jusqu'aux eaux du fleuve immense. Je suis assise dans ma cabine, à côté de mes valises bouclées. Je n'ose pas monter sur le pont, m'exposer à la lumière grise et aux cris des mouettes qui accompagnent le bateau maintenant que la terre est proche. Je redoute de voir surgir à l'horizon le pays que j'ai quitté depuis si longtemps. À quoi dois-je m'attendre ? À des drapeaux noirs ? Était-ce une erreur que de céder à ma nostalgie de ta présence ? Pourrai-je continuer à t'écrire, en étant si près de toi ? Dans la maison où nous avons vécu toutes deux ?

Te souviens-tu, Almut ?

Revois-tu le fleuve immense où nous nous sommes baignées et avons nagé à la rencontre des navires afin de nous balancer dans leur sillage, bien qu'on nous l'eût interdit ? Et les nuées sombres des oies que nous regardions s'élever au-dessus de ses rives dans le ciel du soir, en remplissant l'air de leurs cris si assourdissants que nous n'entendions plus ce que nous disions ? Et les bateaux que nous voyions redescendre les flots, avec leurs passagers clandestins cachés dans les cales ? Te souviens-tu, Almut ?

Plus j'approche du port où le bateau va jeter l'ancre, moins ces mots ont de force. Je vais débarquer, m'immerger dans cette langue que je n'ai plus parlée depuis si longtemps, que j'ai si longtemps regrettée et que j'ai pourtant fuie.

Te souviens-tu, Almut ?

Tu as dit : Bon voyage, et j'ai dit : Qu'avons-nous fait ? et tu as dit : Nous nous reverrons bientôt, et je savais que ce n'était pas vrai. J'ai dit : Je reste, et tu as répété : Bon voyage, et j'ai dit : Nous avons eu tort. Mais tu disais que non, tu disais que nous nous reverrions bientôt, et je savais que ce n'était pas vrai. J'ai dit : Effaçons ce que nous avons fait, et tu as dit : Mais ce n'est qu'un jeu, voyons. Et je me suis tue.

Quand mes pensées s'affaiblissent, j'entends le grondement du moteur Diesel, comme s'il faisait écho à mon silence, et je crois sentir le tournoiement des hélices dans ma table qui tressaille. Un mot à la hâte, Almut. J'ai fait un tour sur le pont. Les bateaux-pilotes s'approchent de notre navire.

Ils ont monté l'escalier couvert d'excréments de chat qui mène à l'étage, en passant devant la fenêtre condamnée. Berger marche devant, Markus lui emboîte le pas.

« Si elle a fait effectuer une enquête sur votre compte, c'est qu'elle devait attendre quelque chose de vous », dit le commissaire en arrivant sur le palier.

Il s'engage dans le couloir, ouvre une des portes qui s'alignent des deux côtés.

« Qu'attendait-elle de vous ? » demande-t-il sans entrer dans la pièce.

Markus s'est arrêté en haut des marches et respire l'odeur des bêtes, qui est toujours aussi forte. Il ne répond pas. Berger s'avance dans la pièce dont il a ouvert la porte et en entendant le bruit de ses pas, Markus croit un instant l'entendre, elle. Il s'imagine qu'il va la voir, qu'elle va peut-être lui dire : « Le travail que vous devez faire pour moi n'a rien de difficile. » Elle va descendre l'escalier en lui lançant : « Suivez-moi. » Et Markus croit aussi entendre les chats crier, leurs appels perçants résonnent dans la maison, déchirent le silence.

« Elle m'a demandé de l'aider à mourir », dit-il à voix basse.

Il rejoint Berger en quelques pas. Quand il l'aperçoit, devant la fenêtre, il répète sa phrase.

« Elle m'a demandé de l'aider à mourir. »

Le commissaire ne se retourne pas vers lui. Il saisit le rideau décoloré par le soleil et l'arrache. La lumière inonde aussitôt la pièce en éblouissant Markus, qui se protège les yeux derrière sa main.

« Vous rendez-vous compte que des êtres humains ont vécu dans cette pièce, dit Berger, qu'ils y ont été heureux ou malheureux et que jamais ils n'auraient cru qu'ils pourraient perdre un jour leur bonheur ou leur malheur ? »

Le commissaire a parlé à mi-voix, comme si ses mots ne s'adressaient pas à Markus.

« Personne ne vivra plus ici. »

Berger quitte la pièce sans prêter attention à Markus, qui le suit et le regarde ouvrir une à une les portes, entrer et arracher les étoffes obstruant les fenêtres. Le commissaire ne s'arrête que dans la dernière pièce, qui est plus vaste que les autres et possède une petite porte par laquelle Markus aperçoit une salle de bains. Berger est immobile devant la fenêtre, près de laquelle une porte-fenêtre dont il a également arraché les rideaux donne sur un balcon.

« Venez », lance-t-il.

Il ouvre la porte-fenêtre et ils sortent tous deux sur le balcon. Berger se penche sur la balustrade en fer et regarde le jardin s'étendant à leurs pieds.

« Le lit des parents devait se trouver ici. »

Le commissaire est rentré dans la chambre et a entrepris d'arpenter les endroits où il croit reconnaître l'emplacement des meubles disparus. Ses mouvements sont rapides, délibérés, comme s'il présidait à la remise à neuf des lieux.

« L'armoire se trouvait là-bas, au fond, et ici, près de la fenêtre, c'était la place de la coiffeuse. »

Immobile dans l'embrasure de la porte-fenêtre, Markus écoute le vrombissement d'une tondeuse dans le jardin voisin. Tout en suivant des yeux le commissaire qui se dirige maintenant vers la porte de la salle de bains, il lui semble entendre la rumeur précipitée des pattes de chat dans l'escalier.

« C'était la salle de bains des parents, les enfants n'avaient pas le droit d'y pénétrer », déclare Berger sur le seuil.

Il lance à son compagnon un regard qui n'est ni impérieux ni réprobateur mais pensif, comme s'il se demandait qui était Markus. La salle de bains est tapissée de carreaux de céramique bleus et possède une douche séparée, une baignoire, deux lavabos, des toilettes et un bidet. Berger s'immobilise au centre de la pièce. Il a allumé le plafonnier et Markus l'observe tandis qu'il se penche sur la baignoire et ouvre son robinet. Une eau d'abord brunâtre puis de plus en plus claire se déverse dans la vasque. Berger la laisse couler et ouvre de la même façon les robinets des lavabos. Le bruit de l'eau remplit la pièce. Le commissaire s'assied sur le couvercle des toilettes.

« C'était à cause du bidet, vous comprenez, dit-il. Il ne fallait pas que les enfants le voient, et cette salle de bains leur était donc interdite. »

Markus croit d'abord entendre de nouveau une hostilité cachée dans ses mots, mais la voix de Berger change au milieu de la phrase, s'adoucit, s'assourdit, au point de devenir inaudible dans le vacarme de l'eau. Le commissaire reste assis sans bouger, jusqu'au moment où Markus n'y tient plus et court fermer les robinets des lavabos et de la baignoire. Le silence le tranquillise, mais se fait à son tour de plus en plus menaçant à force de s'éterniser.

« Montrez-moi l'endroit où vous travailliez », lance Berger.

Markus était resté trois heures accroupi dans le cagibi. Il devait maintenant fouiller au fond de la dernière caisse pour prendre les feuillets. Ceux qu'il avait déjà classés s'accumulaient autour de lui, et il devait faire attention à ne pas renverser les piles. Cependant elle ne venait pas chercher les lettres, comme elle le faisait pourtant de plus en fréquemment au fil des jours. La maison était silencieuse.

Markus avait beau tendre l'oreille, il n'entendait même pas les chats.

À l'instant où je pénétrai dans la maison qui nous avait jadis appartenu, je sus qu'elle n'était plus notre maison. Elle m'accueillit avec une froideur hostile. Arrivée dans le vestibule, je m'immobilisai. Le silence mêmeétait froid et hostile, et ce n'était pas un vrai silence car il cachait en ses profondeurs le chuchotement de tant de voix qui avaient pris possession de la maison en notre absence. J'étais une étrangère. En descendant du bateau, déjà, en voyant les gens devant les magasins durant le trajet entre le port et la gare, en regardant parla vitre de la voiture leurs visages qui riaient, j'étais une étrangère. Quand je pris place dans le train et que l'homme assis en face de moi ouvrit son journal, quand je lus malgré moi les titres au-dessus des articles et découvris que je ne les comprenais pas, j'étais une étrangère. En sortant de la gare, dans la ville qui avait été notre ville, en m'avançant sur la place où je ne reconnus que les pigeons, en sentant l'odeur de saucisse s'échappant d'une échoppe, si forte que je dus lutter pour surmonter le dégoût qui m'assaillait, j'étais une étrangère. Quand assise dans le taxi je m'approchai des parages que nous avions parcourus en patins à roulettes, quand seuls les arbres bordant les rues m'apparurent comme des amis, j'étais une étrangère. En descendant de voiture, en rejoignant le portail du jardin que j'osai à peine ouvrir, en croyant reconnaître quelque chose au moment où les charnières grincèrent mais sans parvenir à me rappeler quoi, j'étais une étrangère. Et maintenant, dans cette maison, je ne sens en moi que la haine de l'étranger qui n'est pas bienvenu. Et avec la haine, qui va bientôt se transformer afin de me posséder tout entière, je perds ma voix. Bien que je sois si près de toi, désormais, tu te retires de moi. Mon retour dans ce pays est un retour au silence. Tu as quitté la maison, Almut, pour toujours.

Markus crut entendre son nom, mais la voix était si lointaine qu'il se demanda si ce n'était pas une illusion. Il se leva et se rendit dans le vestibule.

« Monsieur Hauser. »

Elle devait se trouver dans la cuisine ou dans le couloir. Il hésita à répondre à son appel et essaya de faire comme s'il n'avait pas entendu. Il s'apprêta à retourner dans le cagibi – plus que quelques heures, et il aurait terminé sa tâche. Mais quand elle l'appela une troisième fois, il se décida à s'avancer dans le couloir. Elle l'attendait sur le seuil de la cuisine.

« Je vous ai préparé un repas », dit-elle en s'effaçant pour lui laisser le passage.

Comme Markus hésitait, elle ajouta : « Vous devez avoir faim. »

Bien qu'il redoutât la perspective de devoir manger dans sa cuisine, sous ses yeux, il entra comme si toute contestation était impossible.

Il vit sur la table son couvert mis et une bouteille de bière ouverte. Sur la cuisinière, un morceau de viande cuisait dans une poêle. Dès qu'il approcha de la table et sentit l'odeur des plats en train de chauffer, il se sentit au bord de la nausée. Il lui semblait qu'il serait incapable d'avaler ne serait-ce qu'une bouchée. Il s'assit pourtant. Elle l'avait suivi et se dirigea vers la cuisinière. Après avoir empoigné la poêle, elle s'approcha de la table et fit glisser la viande dans l'assiette en veillant à ne laisser perdre aucune goutte de la sauce graisseuse. Sans un mot, elle retourna à la cuisinière où se trouvait encore un faitout qu'elle apporta pour garnir l'assiette de Markus avec une cuillerée de pommes de terre.

« Buvez », dit-elle en saisissant la bouteille et en versant la bière dans le verre, d'une main si inexpérimentée qu'il ne s'emplit guère que de mousse.

Markus prit le couteau et la fourchette et essaya de couper un morceau de viande. Elle était si coriace qu'il n'y parvint qu'au bout de plusieurs tentatives. Surmontant sa répugnance, il se mit à manger. Elle avait tiré une chaise près de la table et s'était assise en face de lui. Après avoir cherché un paquet de cigarettes dans la poche de sa robe, elle en sortit une cigarette qu'elle tourna dans ses doigts avant de la mettre dans sa bouche et de l'allumer.

« Que ferez-vous quand vous aurez terminé votre travail chez moi ? demanda-t-elle.

— Je chercherai un autre travail.

— Toujours du provisoire ?

— Oui. »

Markus se forçait à manger et mâchait longuement chaque bouchée avant de se décider à l'avaler.

« Quand gagnerez-vous de l'argent en tant qu'écrivain ? »

Tout en cherchant une réponse aussi peu compromettante que possible, il se demandait pourquoi elle lui avait préparé ce repas. Peut-être ne l'avait-elle fait qu'afin de pouvoir lui poser ces questions ?

« Je ne sais pas, finit-il par répondre.

— Pourquoi n'êtes-vous pas devenu médecin comme votre père ? »

Markus sursauta. Comment savait-elle que son père était médecin ? Était-il possible qu'il lui en eût parlé les jours précédents, bien qu'il ne gardât aucun souvenir d'une telle conversation ?

« Je ne suis pas aussi doué que mon père. »

Comme pour la réponse précédente, il n'était pas certain de ne pas mentir.

« Il est mort quand vous aviez neuf ans, n'est-ce pas ? »

Cette fois, Markus leva les yeux et l'observa tandis qu'elle portait la cigarette à sa bouche et inhalait si profondément qu'elle ne soufflait ensuite presque plus de fumée.

« Oui, répondit-il sans plus essayer de comprendre comment elle le savait.

— Est-ce parce qu'il vous a laissé seul que vous n'avez rien fait de votre vie ? »

Pour la première fois, sa voix s'altéra. Markus, qui ne voulait pas répondre, se réjouit d'être venu à bout du repas sans la blesser par un refus.

« Merci pour le repas, dit-il en se levant. Ce soir, j'aurai terminé mon travail.

— Je sais que vous n'avez pas aimé ce que je vous ai préparé. Il y a tant d'années que je n'ai plus cuisiné. »

Elle resta assise sur sa chaise tandis qu'il sortait de la cuisine sans se retourner pour la regarder.

Les portes ouvertes par Berger laissent entrer la clarté du jour dans le couloir, où elle dessine un motif de rectangles lumineux sur le parquet.

« Combien de temps a-t-elle vécu seule dans cette maison ? » l'interroge Markus.

Ils descendent l'escalier. Le commissaire précède Markus, qui le surplombe d'une marche, de sorte que sa silhouette paraît encore plus petite.

« Il y a vingt ans qu'elle est revenue », dit Berger.

Alors qu'ils sont presque en bas de l'escalier, le petit homme glisse sur une marche. Il perd l'équilibre et menace de basculer en avant. Il se rejette en arrière et Markus attrape instinctivement son bras au vol afin de le retenir. Berger s'effondre et sa tête heurte les jambes de son compagnon. Pendant un instant, il ne bouge plus. Markus, qui a lâché son bras, se penche sur lui en lui tendant la main.

« Êtes-vous blessé ? » demande-t-il.

Berger ne répond pas mais s'empare de la main de Markus et s'y agrippe pour se relever. Dès qu'il est debout, son visage se contracte de douleur et il s'incline pour se frotter un genou. Il essaie ensuite de nouveau de s'appuyer sur ses deux jambes, mais renonce et se rassied sur les marches. Ne sachant quelle attitude adopter, Markus reste immobile derrière lui.

« Ça va passer tout de suite », assure Berger.

Markus descend les dernières marches, comme s'il ne voulait pas le regarder sans rien faire. Il s'avance dans le couloir sombre menant à la cuisine – hier encore, elle lui a préparé un repas dans cette cuisine. Il hésite un instant avant d'entrer, on dirait qu'il a peur de la trouver derrière la porte, assise à la table en fumant une cigarette. Pendant cet instant d'hésitation, il se sent de nouveau envahi par la colère, sans savoir contre qui il est ainsi furieux. Il traverse en hâte la cuisine, prend un verre dans le placard et le remplit au robinet de l'évier. Sur la table, il y a une tasse contenant un reste de café, à côté d'un cendrier où une cigarette a été écrasée. Elle est venue ici, la veille au soir. Markus sort de la cuisine. Arrivé dans le vestibule, il se dirige vers l'escalier où Berger est assis. Il tend le verre au commissaire, qui le vide d'un trait.

« Elle m'a préparé un repas, hier », dit Markus.

Comme il ne veut pas rester debout devant le petit homme, il se retire dans le vestibule où il s'adosse au mur. Berger pose le verre sur une marche et se relève. Il fait un pas avec précaution, appuieà plusieurs reprises d'un air impatient sa jambe blessée sur le sol puis descend les dernières marches et s'immobilise devant Markus.

« Avez-vous aimé son repas ? » demande-t-il.

Il parle de nouveau d'un ton haineux, et l'espace d'un instant il semble à Markus que la colère qui l'a envahi au moment d'entrer dans la cuisine est la même qui vibre maintenant dans la voix hostile du commissaire.

« Non », répond Markus.

Berger ouvre la porte de gauche et pénètre dans la pièce à la cheminée. Une nouvelle fois, Markus l'entend arpenter le parquet.

« Pour vous payer, elle a même vendu son piano », lance le commissaire.

Quand Markus entre à son tour, Berger a déjà poussé la porte coulissante pour se rendre dans la pièce donnant sur le jardin. Markus reste immobile sur le seuil et observe Berger qui s'est assis sur le tabouret, lequel est désormais l'unique vestige du mobilier.

« Pourquoi m'aurait-elle payé ? » demande Markus.

Il n'obtient aucune réponse. Berger a les yeux fixés sur le jardin et, comme le matin même dans son bureau, il tourne obstinément le dos à Markus.

« A-t-elle joué du piano pendant que vous étiez ici ?

— Elle a essayé. »

Berger bondit sur ses pieds devant Markus, pris de court, avec une telle violence que le tabouret se renverse.

Il ploie malgré lui sur sa jambe blessée et crie, sans se tourner vers Markus : « Qu'est-ce que tu lui as fait ? »

Markus ne bouge pas. Il s'appuie contre le montant de la porte.

« Je ne lui ai rien fait », dit-il à voix basse.

Quand Berger s'avance vers lui, il se détourne, comme pour ne pas accorder au commissaire la satisfaction de l'avoir fait pleurer. Il s'arrête dans le vestibule, où Berger le rejoint.

« Où est la cuisine ? »

Sans un mot, Markus le précède dans le couloir sombre dont il effleure les parois au passage, en un geste presque machinal. Il ouvre la porte de la cuisine. Berger passe devant lui et s'immobilise à côté de la table. Il regarde la tasse sale et le cendrier. Markus croit qu'il va se remettre à crier – en fait, il saisit la tasse et la fracasse contre le mur.

« Pourquoi l'avez-vous laissée seule, hier soir ? »

Sa voix est de nouveau si basse que Markus a du mal à comprendre ce qu'il dit.

« Elle m'a renvoyé », répond-il.

Berger s'avance vers le mur et rassemble les débris de la tasse dubout de ses chaussures.

« Vous auriez dû le savoir », lance-t-il, sans que Markus parvienne à comprendre si ces mots constituent ou non un reproche.

« Qu'est-ce que j'aurais dû savoir ? »

Berger semble se désintéresser de lui et ouvre la porte du réfrigérateur, puis celle du garde-manger. Pour la première fois, Markus aperçoit les étagères remplies à craquer de conserves contenant de la nourriture pour chat et des plats tout préparés. Il ne peut s'empêcher de l'imaginer en train d'ouvrir une des boîtes dont elle avale aussitôt le contenu avec une cuiller, peut-être ne prend-elle même pas la peine de s'asseoir à la table. Il lui semble que les mêmes images s'imposent à Berger, bien qu'il n'ait pas connu Selma Bruhns de son vivant. Le commissaire referme la porte du garde-manger.

« Allons voir la pièce où vous travailliez », dit-il.

Au moment de quitter la cuisine, ils se retrouvent ensemble sur le seuil, face à face. Ils se regardent. Cette fois, Berger s'avance le premier, avec tant d'aisance qu'on croirait que la maison lui est déjà devenue familière.

Tandis qu'ils longent le couloir obscur, il adresse la parole à Markus. Sa voix est basse, presque impersonnelle.

« Je ne vous en ai pas encore parlé, mais elle a laissé un testament chez Glowna. Elle vous a légué l'argent. »

Ils arrivent dans le vestibule plongé dans la pénombre. Markus a écouté les paroles de Berger comme si elles ne le concernaient pas, comme si tout ce qui s'était passé hors de cette maison n'était qu'une illusion, au point même qu'il doute de la réalité de son passage chez Glowna ou de son attente dans le bureau du commissaire. Il descend les quelques marches menant au cagibi où pendant six jours il a travaillé pour Selma Bruhns. Il ouvre la porte et allume l'ampoule dont la lumière, qu'il connaît maintenant si bien, dessine sur le sol les ombres des trois caisses. Immobile sur le seuil, Berger contemple les caisses vides comme si elles étaient la preuve de la véracité des dires de Markus, auxquels jusqu'alors il n'avait pas ajouté foi.

« Elle a brûlé les dernières lettres hier soir, dans la cour », dit Markus.

Berger pénètre dans le cagibi et examine le fond des caisses. Puis il ramasse leurs couvercles et les ferme une à une.

« Elle a écrit à une morte, dit-il. Et elle n'a pas envoyé une seule des lettres qu'elle lui adressait. »

Il sort du cagibi. Markus éteint la lumière et rejoint le commissaire dans le vestibule. Lorsque Berger pose la main sur la poignée de la porte derrière laquelle Selma Bruhns a vécu, Markus se détourne, peut-être simplement pour lui faire comprendre qu'il se refuse à pénétrer dans cette chambre. À cet instant, ils aperçoivent dans l'escalier un chat qui a dû réussir à se cacher quand les autres ont été capturés, en trouvant à l'étage un refuge que ni Berger ni Markus n'ont découvert. Le chat descend jusqu'à la dernière marche, sur laquelle il s'immobilise et observe successivement les deux hommes, avant de s'asseoir et d'entreprendre de lécher sa fourrure. Incapable de se contrôler, Markus sort son trousseau de clefs de sa poche et le jette sur la bête. Il manque le chat, lequel réagit à la vitesse de l'éclair et remonte l'escalier en quelques bonds silencieux. Berger, qui est plus près de l'escalier que Markus, va chercher le trousseau sur la deuxième marche et le lui lance.

« Vous pouvez rentrer chez vous, dit-il en se dirigeant de nouveau vers la chambre de Selma Bruhns. J'ai consulté des ouvrages spécialisés. Il est tout à fait possible de s'étrangler soi-même avec une écharpe. »

Berger entre dans la chambre. Il referme la porte dans son dos, et Markus se retrouve seul dans le vestibule. Bien qu'il ait entendu les paroles du commissaire et compris ce qu'elles signifiaient, il ne bouge pas.

Il finit par descendre les marches menant à la porte d'entrée, et il quitte la maison.

Le déjeuner avait fait perdre du temps à Markus, de sorte qu'il ne réussit qu'à la nuit tombée à terminer le classement des dernières lettres. Tout au long de l'après-midi, Selma Bruhns était venue chercher les lettres à des intervalles de plus en plus rapprochés. Elle s'immobilisait sur le seuil du cagibi, et Markus sentait dans son silence une impatience grandissante tandis qu'elle attendait qu'il se lève pour lui apporter une pile. Il ne l'accompagnait pas dans la cour, mais en continuant son travail il avait l'impression d'entendre ce qu'elle faisait, de percevoir le craquement de l'allumette qu'elle jetait sur le papier, le brusque jaillissement des flammes. En venant chercher les dernières lettres, elle rompit le silence qu'elle avait observé tout l'après-midi et dità Markus de l'attendre dans le vestibule. Après son départ, il regarda les trois caisses, comme s'il avait besoin de s'assurer qu'elles étaient vraimentvides et que toutes les lettres avaient été détruites par le feu. Il hésitait à quitter le cagibi. Il épia les bruits en provenance de l'étage, se pencha pour ramasser son cartable qu'il avait appuyé au mur près de la porte. Après avoir éteint la lumière, il sortit enfin. Il traversa le vestibule, ouvrit la porte d'entrée et resta debout sur le perron, surpris par les ténèbres. En distinguant peu à peu les contours des buissons et le sentier menant au portail, il sentit combien le jardin lui était devenu familier. Il trouvait irréelle l'idée de ne pas revenir le lendemain, de ne pas passer de nouveau la journée accroupi dans le cagibi, à classer les lettres de Selma Bruhns. Quand il retourna dans le vestibule, elle l'attendait.

« Nous devons faire nos comptes, monsieur Hauser. »

Markus crut qu'elle allait sortir son porte-monnaie de la poche de sa robe et le payer dans le vestibule, comme les jours précédents, mais elle se dirigea vers sa chambre.

« Venez », dit-elle en entrant.

Par la porte entrouverte, Markus aperçut une nouvelle fois le canapé sous le halo lumineux de la lampe. Il entra à son tour, et Selma Bruhns ferma la porte. Sans un mot d'explication, elle s'assit dans le fauteuil vert en croisant les jambes. Elle fouilla dans la poche de sa robe, pour en sortir non pas son porte-monnaie mais un paquet de cigarettes. Elle se mit à fumer.

« Ouvrez le tiroir du haut, lança-t-elle en désignant la commode à droite de la porte. Vous y trouverez une écharpe de soie blanche. Apportez-la-moi. »

Markus obéit : c'était un ordre, pas une prière. Il ouvrit le tiroir et en sortit l'écharpe, qu'elle lui prit des mains et enroula deux fois autour de son cou.

« Avant de vous asseoir, ouvrez la valise. »

Il s'agissait de la mallette qu'il avait achetée et qui se trouvait sur la table. Elle s'ouvrit brusquement dès qu'il poussa les verrous. Il souleva le couvercle et regarda les billets de banque qui remplissaient à moitié la valise.

« Comment pouvez-vous garder tant d'argent chez vous ? s'exclama Markus, comme effrayé à cette vue.

— Il y a là cent vingt mille marks, dit Selma Bruhns. Et ils peuvent vous appartenir. »

Markus referma la mallette. Il avait entendu et aussi compris ce qu'elle avait dit, mais il garda le silence car il refusait de la suivre sur cette voie. Sans attendre son invitation, il s'assit sur le canapé, à côté du radiateur électrique.

« Vous souvenez-vous du jeu auquel nous avons joué hier ? »

Elle ouvrit le tiroir de la table qui les séparait et en sortit un jeu de cartes. Elle ouvrit l'étui en carton et posa les cartes sur la table.

« Nous allons y jouer de nouveau, dit-elle en se mettant comme la veille à parler de plus en plus vite, mais cette fois il y aura un enjeu. »

Markus regarda ses mains qu'elle frottait l'une contre l'autre sur ses genoux, ses doigts qu'elle nouait et dénouait, son visage dont l'expression était à la fois tendue, comme si elle attendait avec impatience sa réponse, et étrangement absente.

« En quoi consiste mon enjeu ? demanda-t-il.

— Nous allons tirer chacun trois cartes, continua-t-elle sans prêter garde à son interruption. Celui qui tire à deux reprises la carte la plus forte a gagné.

— Quel est mon enjeu ? »

Il répéta sa question, conscient que tout ce qui allait se passer maintenant dépendait de la réponse, car il était convaincu désormais qu'elle voulait quelque chose de lui, quelque chose qu'il avait peut-être attendu tout au long de ces six jours.

« Si vous gagnez, l'argent sera à vous.

— Quel est mon enjeu ? demanda Markus pour la troisième fois.

— Si je gagne, il vous reviendra également car je n'en aurai plus besoin. »

Il répéta : « Mon enjeu ? »

Selma Bruhns ne répondit pas tout de suite, mais se mit à battre les cartes et à les distribuer en deux tas.

« Si je gagne, vous devrez m'aider à mourir. »

Markus ne sursauta pas, on aurait dit qu'il s'attendait en fait à ces mots.

« Non », dit-il.

Il sentit ses yeux peser sur lui et il leva la tête pour la regarder à son tour, comme s'il lui devait ce regard. Il vit son sourire, qui lui parut plus effrayant que ses paroles.

« C'est très facile. Vous n'avez qu'à serrer l'écharpe.

— Non. »

Elle se leva brutalement et se dirigea vers la porte, comme pour lui intimer de sortir.

Elle lança en lui tournant le dos : « Vous ne serez jamais écrivain. Vous avez trop de scrupules pour cela. Je sais ce dont je parle. Voilà quarante ans que j'écris, même s'il ne s'agit que de lettres. »

Peut-être parce qu'elle avait évoqué ces lettres qu'il avait classées pour elle sans savoir qu'elle en était l'auteur, il se leva.

Il ne s'approcha pas d'elle, mais demanda simplement : « Pourquoi ? »

Ils se firent face. Selma Bruhns était très droite, ses yeux fixaient le mur derrière Markus.

Elle se dirigea finalement vers lui, leva la main et lui caressa fugitivement la joue. Son geste fut si bref qu'il se demanda s'il ne s'était pas trompé, tandis qu'elle lecontournait pour aller se rasseoir dans le fauteuil.

Comme elle gardait le silence et qu'il ne savait s'il fallait y voir une invite à s'asseoir ou au contraire à la laisser seule, il répéta sa question.

« Pourquoi ? »

Selma Bruhns se pencha en avant pour tirer le tabouret placé sous la table et le mettre près d'elle. Puis elle souleva la mallette et la posa à côté, par terre. Bien qu'elle n'eût toujours pas ouvert la bouche, Markus comprit ce qu'elle attendait de lui. Il s'approcha et s'assit sur le tabouret. Il vit ses genoux décharnés sous sa robe, ses mains à la peau blanche parsemée de taches brunes. Quand il leva enfin la tête, il aperçut son visage. Elle avait fermé les yeux.

« Je vais vous parler d'un jeu auquel on ne peut jouer qu'en Allemagne, dit-elle. Vous êtes le premier Allemand à qui je raconte cette histoire. »

Elle rouvrit les yeux et Markus fixa de nouveau ses mains blanches.

« C'était la guerre, et nous étions deux. Almut et Selma. Et il y avait un passeport qui garantissait la nationalité brésilienne. Almut et Selma étant issues d'une famille juive, ce passeport représentait la vie pour elles. Il était établi au nom d'Almut Bruhns, mais comme les deux sœurs étaient jumelles et qu'il était impossible de les distinguer, chacune d'elles pouvait faire usage du document. »

Ses mains se mirent à s'agiter, à caresser le tissu de l'accoudoir.

« Je ne sais plus laquelle des deux en a eu l'idée. Elles étaient assises dans le parc, sur un banc auquel elles n'avaient pas droit, en tant qu'enfants juives, devant une table vide. C'était l'automne, il ne faisait plus chaud. En dehors d'elles le parc était désert, personne ne viendrait les déranger. Je ne sais plus laquelle de nous a posé le jeu de cartes sur la table. »

Elle s'interrompit. Il sentit soudain la chaleur du radiateur, comme s'il ne s'en était pas rendu compte jusqu'alors, et il entendit le souffle paisible, régulier, de Selma Bruhns.

« Almut a sorti les cartes de l'étui. Après les avoir battues, elle les a distribuées en deux tas. Nous devions chacune tirer trois cartes. Celle qui aurait les cartes les plus fortes recevrait le passeport permettant de s'enfuir. »

De nouveau, son débit s'accéléra.

« Almut a tiré un valet. J'ai tiré un dix. Quel soulagement j'ai ressenti. Puis Almut a tiré un neuf, et moi un as. Comprenez-vous ce que signifiait la dernière carte, monsieur Hauser ? J'ai tiré un huit : j'étais sûre de ma victoire. Almut a tiré un sept. J'avais perdu. »

Lorsque Markus sortit de la maison de Selma Bruhns et s'avança dans le jardin à travers les ténèbres, il se mit à pleuvoir avec une telle violence qu'il fut trempé avant d'avoir eu le temps de rejoindre sa voiture. Il abrita sa tête sous la mallette et commença à courir.

« J'ai commis une erreur », avait-elle dit après un long silence, troublé seulement par la rumeur des bêtes à l'étage.

Puis elle avait lancé : « Prenez la mallette et partez. »

Markus n'avait pas bougé. Il avait fallu qu'elle répète ses mots d'une voix tranchante, hostile, pour qu'il se lève enfin et la laisse seule dans sa maison.

Arrivé dans la rue où il habitait et où il avait trouvé sans peine une place, il arrêta l'essuie-glace qui continuait de fonctionner alors que la pluie avait depuis longtemps cessé Il ne descendit pas tout de suite de sa voiture mais regarda de l'autre côté du pare-brise. En levant les yeux vers les immeubles, il vit que les fenêtres de leur appartement étaient éclairées. Christine était rentrée. Il prit son cartable sur le siège arrière et en sortit son carnet. Après l'avoir ouvert et attrapé un stylo-bille, il écrivit deux mots sur la première page : *Pourquoi moi ?*

8488

Composition Nord Compo
Achevé d'imprimer en France (La Flèche)
par Brodard et Taupin
le 3 septembre 2007. 43090
Dépôt légal septembre 2007. EAN 9782290003565

Éditions J'ai lu
87, quai Panhard-et-Levassor, 75013 Paris

Diffusion France et étranger : Flammarion